櫻の樹の下には瓦礫が埋まっている。

村上　龍

幻冬舎文庫

櫻の樹の下には瓦礫が埋まっている。

Contents

婚活ブームとこの国の未来

Sent: Wednesday, November 10, 2010 12:04 AM

電子書籍を制作・販売する会社を作った。かなり話題になったので、会社設立の経緯については省くが、メディアのとらえ方と、現状には相当の開きがあると感じた。電子書籍に関しても大手既成メディアは対応できていない。日本のメディアは、書籍の電子化によって何が起こるのかというとらえ方をしている。メディア自身、電子化の渦中にいるわけだから、本当は「何が起こせるのか」というとらえ方があってもいいはずだが、皆無だ。

世の中に発生し変化を促す事象について、「何が起こるのだろう」と客観的にとらえるのはもちろん大切なことだが、具体的に自らがどう関与するかという発想がないとすべてが他人事《ひとごと》か対岸の火事になってしまう。そういったメディアによって報道される日々のニュースに接しながら成長する子どもたちはいったいどうなるのだろうと思う。

＊

新しい作品の取材で結婚相談所を訪れた。いろいろな話を聞いてきたが、結婚相談所が大きなビジネスになっていることにまず驚いた。有名どころは数万人の会員数を誇り、それぞれに安くない入会金や月額の会員費を取っているので、かなりの売り上げとなっているらしい。婚活というちょっと前の流行語を聞くたびにずっとトンカツと勘違いしていたが、はじめてその実態に触れた気がした。結婚したくてもできない人々が大量にいるのだ。

ある調査によると、50歳未満の男性では年収400万以下が8割強だという。一般的な女性が求める年収500万～700万の男は、全体の5パーセント以下らしい。年収400万未満で、結婚して子どもを育てていくのは大変だと思う。

政府は少子化対策で子ども手当という給付を行なっているが「ないよりはまし」と「焼け石に水」の中間のような効果しかないだろう。子どもを単に育てるだけなら、それほどのお金はかからない。つまり何とかメシを食べさせて、雨風をしのげる住居を用意し、凍死しないような衣服を着せて、とりあえず何とか成人させるというだけなら、ひょっとしたら子ども手当だけで足りるかも知れない。

だが、子どもが一人で生きていけるような教育を施そうと思ったらお金はいくらあっても足りない。放っておいても有名国立大に受かるような受験技術の高い子どもだったら別だが、塾に通わせて、家庭教師もつけたりして、大学を卒業させるのはとても大変だ。私立の医学部だと卒業までに3000万円くらいは必要だから、富裕層以外は最初から無理だろう。地方から東京の大学に出てくる場合は住居費もかかる。卒業後には結婚費用も要るし、独立させるときにはそのための資金も必要になるだろう。

＊

やっかいなのは、年齢を重ねても給与が上がらないことだ。年収400万以下でも年功を積むごとに給与が上がっていけば、それなりの生活設計ができる。だが、インカムが増えないと、教育費は成長に応じて上がっていくのでどこかで生活が破綻する。だから、今の世の中で、結婚して子どもを作ろうというモチベーションを持ち実行できるのは、年収で言うと約500万円以上、全体の5パーセントほどの非常に恵まれた人たちだけということになる。

残りのほとんどの若者は、結婚したくても経済的にできないか、もしくは最初から結婚をあきらめることになる。結婚すれば子どもの教育費によって生活レベルが下がるわけだから、仕事を持っている女性の結婚への欲求が上昇することは考えにくい。女性たちに結婚願望が復活したと言われ、婚活がブームになるのは、不況による就職難で女性が仕事に就けないからというのが最大の理由なのだと思う。婚活に励む女性たちは、生き残るために、結婚というシステムに頼ろうとしているのだろう。一人で生きるのがとても困難なので、年収500万以上の男に頼ろうとしているのだ。

だが、年収500万以上の男は全体の5パーセントしかいない。しかも彼らの大部分は共働きを希望しているのだそうだ。順番から言うと、好きな異性がいて結婚を考えることになるわけだが、まず結婚というシステムにすがりたいという欲求があって、そのあとで相手を探すという事態になっているようだ。だがそういった状況は、なかなか大手既成メディアからは伝わってこない。

その理由はいろいろとあるのだろうが、案外大きいのは大手既成メディアの社員たちの給与の額ではないかと思う。フジテレビなどテレビのキー局、読売など大手新聞社、小学館など大手出版社の社員たちの給与は総じて平均よりもかなり高いと言われている。そういった人たちは貧困者たちへの同情はあるだろうが、社会的な怒りはないだろう。人を突き動かし、考えさせるのはシンパシーではない。怒りだ。

しかも、インターネットの影響で広告出稿が減り続け、既成メディアがいつまで現状の給与を維持できるかわからない。彼らは、自分もいつ転落するかわからないという意識を持って仕事をしている。そういう時代には冒険や挑戦には価値がなくなる。リストラ要員にならないように、失敗を何よりも恐れるようになり、現状維持が何よりも優先される。現状維持を最優先するジャーナリストが婚活に励む貧困者を理解するのは無理な話だ。

＊

だが、わたしは大手既成メディアのジャーナリストたちを批判しているわけではない。彼らには、もう変化に対応する力はないから単なる批判にはあまり意味がない。批判には期待が含まれている。批判することで、間違いに気づき、いつか変化するのではないかという期待だ。大手既成メディアの報道に接していると、彼らは決して変化しないということがわかる。変化しないほうが有利なのだから、変化するわけがない。

電子書籍の制作・販売会社をＩＴベンチャーの会社と組んで新しく作ったのは、もちろん既成の出版社への批判などではなく、そのほうが合理的だったからだ。ほとんどの既成の出版社は、すでに冒険を試みるだけのモチベーションがない。ほとんどの出版社のトップは60代であり、前述のように広告出稿が激減しているので、新しいことをはじめる資金も人的資源も意欲もない。怠けているわけではないが、自分の守備範囲で失策をしないだけで精一杯なのだ。

しかも彼らはたいてい非常にいい人たちだ。少なくともわたしが知っている人たちは、編集や出版という仕事に関して充分に信頼できる。また人間としても信頼できるし、いっしょに酒を飲んでいても楽しい。だが彼らのほとんどは危機感がない。危機感を持つためには、生存が危ぶまれるような事態を想像しなければならないが、彼らの多くは、現状を維持するのが最優先となっているので、恐ろしくてそんな想像はできない。だからリスクを取ることを嫌う。

リスクも取ってますし、危機感だって持ってますと、彼らの多くはそう言う。だが、結局、何のアクションも起こさない。たとえば電子化に備えて人材の半数を入れ替え企画の半分を切り替える、そういったことが必要だがそんなことはしない。間違いなく、あと数年で出版は様変わりする。出版界でパワーと既得権益を持つ人たちはたいていそれまでに退職してしまうし、パワーも既得権益もない人たちは生活していくのに必死で変化に適応する余力がない。出版界はこの国の未来を象徴している。

海の向こうの戦争

Sent: Friday, December 03, 2010 12:00 AM

北朝鮮と韓国の「境界線上」にあるヨンピョン島で砲撃戦が起こり、第2次朝鮮戦争が懸念されるような緊急事態となった。日本のメディアは「戦争が起こるかも知れない」と大騒ぎした。わたしは戦争は起こらないと思った。北朝鮮以外、どの国も戦争などしたくないからだ。北朝鮮の現状はよくわからないが、国家として荒廃しているのは間違いない。食料もエネルギーも医薬品もすべてが不足している。戦争で国が焼け野原になっても現状と大して変わらないのかも知れない。

だが韓国や中国は違う。せっかく経済発展を成し遂げようとしているときに、戦争で都市が破壊されたり、難民が押し寄せたりするのはいやなのだ。以前にも書いたが、北朝鮮には中長期で戦争を遂行するための経済力がない。『半島を出よ』という長編小説を書くときに多くの資料を読んだが、戦闘車両や軍艦の燃料も不足しているというような記述があった。だが、38度線付近に配備されているロケット砲があり、それらは燃料とは関係なく発射が可能だ。

戦争がはじまればソウルは北朝鮮からのロケット砲で火の海になり、現代都市に変貌した街並みは破壊される。政府はもちろん、サムスンやLGや現代《ヒュンダイ》などの財閥・韓国経済界がそんなことを望むとはとても思えない。また、経済が発展した韓国ではある程度民主主義が根付いていて、国民も無知から脱却し、ヒューマニズムが浸透している。そのような国では、人を殺したり、殺されたりする戦争など残酷で無意味だからいやだというコンセンサスが形作られる。

第2次大戦、朝鮮戦争、ベトナム戦争、湾岸戦争、イラク戦争とアメリカは多くの戦争を経験してきたが、戦争神経症の患者はしだいに増えている。人間は知識と教養を身につけると、ヒューマニズムに反したことに拒否反応を持つようになる。原始時代から、20世紀半ばまで、ヒューマニズムが定着する以前は、人を傷つけ殺すことに拒否反応を持つ人間は今よりずっと少なかった。現代でも、アフリカ・サハラ以南の内戦では、ナタで敵の頭を割っても心が痛まないという民兵が確かに存在する。

彼らはサディストではない。ヒューマニズムという概念を持っていないだけだ。人を殺してはいけないという倫理観は、言葉として教え込まれるわけではない。幼いころから、他人や動物に対してひどいことをするといやな思いを持ち、優しく接して相手から感謝されたりすると喜びを感じることができると、映画や本やテレビなどありとあらゆるメディアを通じて学習し、概念として刷り込まれるのだ。そういった刷り込み、つまり「教育」にはお金がかかる。だから、つい最近まで実施できる国は限られていたし、現代でも極貧国ではヒューマニズムという概念は数少ない知識層を除いては共有されていない。

＊

「金持ちケンカせず」という有名なことわざがあるが、金持ちのほうが失うものが大きいというだけではなく、教育を受けているという意味でもそれは正しい。つまり先進国でヒューマニズムの概念を学んだ人間は、たとえ戦争でも人を傷つけ殺すことに対し罪悪感を持ちやすいのだ。第2次大戦よりもイラク戦争において戦争神経症やPTSDが増えているのは、戦争の大義の有無だけではなく、現代の兵士たちにヒューマニズムの概念が浸透していることが影響している。

北朝鮮にはとにかくお金がなく、金正日の家族と軍によって支配されている監獄のような国だ。教育は、金日成と金正日を絶対化し、偶像視する非科学的なもので、監視と密告が日常化している。ほとんどの子どもたちは、金正日への忠誠を最優先させなければいけないと教え込まれている。北朝鮮では国営放送しか受信できないようにラジオのチューニングつまみがハンダで固定されているが、誰かがこっそりとラジオで韓国の音楽などを聴いていたりすると、子どもがそのことを通報して親を逮捕させ、収容所に送り込むのである。

北朝鮮では、人命は尊いものだとは教えない。尊い人命と、尊くも何ともない人命があると教えられる。金正日の利益となる人の命は尊く、不利益となる人の命はゴミくずにも等しい、と刷り込まれて子どもが育つ。そんな社会にヒューマニズムという概念が育つわけがない。ヒューマニズムという概念がない国家は、他国の人命にも無慈悲に対応できる。ヨンピョン島では、韓国軍の兵士だけではなく住民にも被害が出たが、ヒューマニズムという概念がない北朝鮮はそんなことはいっさい気にしない。

そういった国は、兵士が迷ったり、神経症になることが非常に少ないので、戦争に向いている。イデオロギーの違いはあるが、ヒューマニズムという概念がないという意味では、かつてのベトコンや現在のイスラム過激派にも同じことが言える。彼らは敵を傷つけ殺すことにためらいを持たないし、それが原因で神経症になることもない。

北朝鮮は実質的な戦争遂行能力において圧倒的に韓国に劣っているが、ヒューマニズムの概念を持たない兵士を多数擁していて、彼らが傷つき戦死することに指導者がためらいを持たず、反対する世論というものも存在しないという点において、優位に立っている。金正日は、自国の若者がばたばたと倒れ血を流して死んでいくことに対して自責の念を持たないが、韓国やアメリカや日本の指導者は違う。自らの命令で若い兵士が傷つき死んでいくことに罪悪感を持つだろう。

＊

だから、韓国は絶対に北朝鮮と戦争はしたくないと思っているはずだし、中国も北朝鮮に戦争をさせたくない。戦争になればソウルは必ず火の海になるが、経済力のない北朝鮮は韓国に攻め入ることができない。戦車の燃料もなく、兵士の食料さえ乏しい。そんな軍は持久戦を戦えないから、戦争が起これば北朝鮮は国土が焼け野原になり、政権は崩壊し、国家として消滅し、難民が流出する。数十万、あるいは数百万の戦争難民が国境を越えてなだれ込んでくるのは中国にとって悪夢だ。

また、北朝鮮という国家が消滅すれば、アメリカ・韓国との緩衝地域が失われ、中国は陸続きでそれらの国と対峙しなければならない。だから中国は北朝鮮が戦争を起こすことを絶対に許さない。中国の後ろ盾がなく、支援も期待できない戦争は北朝鮮にとって自殺行為だから、おそらく金正日には戦争を起こす意思がない。北朝鮮がいつでも戦争を起こせる準備を怠らず、核兵器も開発していてイスラム過激派に売る可能性を示し、拉致問題で決して妥協しようとせず、平気で偽札作りやマネーロンダリングをやって、アメリカや韓国や日本の神経を逆なでし続けるのは、外交のカードをより多く持てるからである。

「アメリカが不可侵条約を結んでくれれば、とりあえず戦争を起こすような挑発行為は止めるが、核開発だけは国策なので続けなければならない」というように、相手がいやがるカードがたくさんあるほうが、北朝鮮にとっては有利だ。

日本のメディアは、ヨンピョン島の砲撃事件のときに、危機を煽りながら、北朝鮮が国際社会でより孤立することを歓迎するようなニュアンスの報道をした。日本には、政府にもメディアにも、北朝鮮がありとあらゆる国から嫌われることで、態度を軟化させるのではないかという期待があるように見える。だが、北朝鮮は中国から見放されない限り、「国際社会」から嫌われても痛くもかゆくもない。むしろ嫌われれば嫌われるほど、外交カードが増える。

日本は、尖閣諸島問題で中国に対する外交能力がゼロだということを露呈した。日本が、北朝鮮に対して示せる影響力は今のところ何もない。金正日体制が崩壊したほうが日本の利益になるのか、それとも金正日の体制のままもう少しまともな国になるほうがいいのか、そのことだけでも態度を明らかにすべきだと思うのだが、相変わらず曖昧なままだ。

テロという選択肢

Sent: Tuesday, January 11, 2011 5:43 PM

アメリカでまた銃の乱射事件があった。ひどい事件だが、以前のコロラド州コロンバイン高校での銃乱射と同じく、現時点（1月11日）では動機などがよくわからない。特定の人物を狙った計画的犯行なのか、通り魔的なものなのか、テロ行為なのか、不明だ。こういった事件が起こると、社会学的、また精神医学的なアプローチで動機の解明がなされるが、銃規制の問題なども絡んで、曖昧なまま月日が過ぎ去り、そしてまた似たような事件が起こるという繰り返しになっている気がする。

どうしてこんな事件が起こるのか、わたしにはわからない。銃規制の問題だという指摘もある。わたしも、簡単に銃が手に入る社会には大きなリスクがあると思うが、銃を所持している人が全員乱射事件を起こすわけでもない。動機がよくわからないという意味で、秋葉原や取手で起こった日本の通り魔事件に似ているのかも知れない。どうしてこんなひどい事件が起こるのか、という問いには「普通の人間はこういった事件は起こさない」という前提がある。

日本のメディアも、通り魔的な事件が起こると、犯人の「異常性」を探し、それを強調して報道することが多い。そこには、強いストレス下に置かれ心身の消耗が激しいとどんな人間でも異常な行動に走る場合がある、という視点はない。

普通の人間は決して異常な行動に走ることがないという考え方と、どんな人間でも置かれた状況次第では異常な行動に走ることがあるという考え方では、事件を防止するための対処の仕方が違う。

経済的格差がより露わになって広がり続け、とくに若年層の雇用が不安定で、その結果結婚できない人々が増え、家族的な小さな共同体内でのコミュニケーションがしだいに薄まり、誰かに悩みを相談することもできない孤独な人が大勢いて、インターネットには自殺や殺人のサイトがある、というような状況では、「普通の人間は決して異常な行動に走ることはない」という考え方には限界がある。だが、「どんな人間でも置かれた状況次第では異常な行動に走る場合がある」という考え方に立つと、とたんに対策が面倒になる。若年層の雇用の安定だけをとっても、気が遠くなるほどむずかしい。

また、費用もかかる。たとえばスポーツは心身の健康に役立つが、どんな人でも利用できるスポーツ施設を造るには莫大な金が必要だ。国も地方も財政にはまったく余裕がない。現状では、テニスやゴルフはもちろん、スポーツジムやクラブで心身のストレスを軽減できているのは、経済的に余裕がある人だけだ。ジョギングは金がかからないが、低賃金に喘《あえ》ぐ非正規の労働者や、サービス残業などの過酷なノルマを押しつけられる若年労働者に走る気力や体力があるとは思えない。ジョギングや散歩にも経済的な余裕が必要なのだ。

＊

本当は、通り魔的犯行を防ぐための基本的考え方ではなく、別のテーマで本稿を書こうとしたのだが、「アメリカでまた銃の乱射事件が起こった」というイントロのせいで流れが変わってしまった。別のテーマというのは、どうして日本の若者は実力を行使しないのだろうという疑問である。フランスなど欧州の一部の国では、雇用に関する法律改正を巡って学生たちがストライキやデモを行なうことがある。

以前、テレビの討論番組を見ていて、「会社に居座る中高年のオヤジたちのせいで結果的に自分たち若者の職が奪われている」というようなニュアンスの、若者代表として出演している識者の発言があった。そのとき、テレビで意見を言って本当に何かが変わると思っているのだろうかという疑問を持った。昨年の大晦日、『カンブリア宮殿』のスペシャル「もう貧乏はイヤだ！」がオンエアされたが、収録前のミーティングで、わたしは、「法律や予算編成を変えなければいけないものと、やろうと思えば明日からでも実行できるものに分けて提言してもらう」と言った。

たとえば教育だったら、「教師の数を2倍にすべきだ」という提言は法律や予算編成を変えなければ実現できない。だが授業がはじまる前に30分間読書の時間を作るという提言はすぐに実行できる。メディアではいろいろな人がいろいろな提言を行なう。しかし、政府に頼らなければいけないものと政府とは関係なく実行できるものが分類されることがない。「普天間基地を沖縄県外に移設して欲しい」という提言は政府に頼らなければ実行できない。「就職を有利に運ぶためには英語や中国語など外国語を勉強したほうがいい」という提言は政府とは関係なく実行できる。

政府に頼らなければ実行できない提言はもう止めたほうがいい。かつての自民党政権も、今の民主党政権にしても、テレビ討論における識者の提言などに耳を貸すわけがない。識者の提言を無視しても、政治家は痛くもかゆくもない。

だから「中高年のオヤジたちを追い出して若者を雇用するシステムを作って欲しい」などと100万回叫んでも何も変わらない。発言者は、おそらく何かを変えようと思って発言していない。単に、自分の考えを述べているだけだ。

わたしはその番組をぼんやりと見ていて、この発言者は何かを変えようとしているのだろうかと思った。法律やシステムを変えなければ解決できない問題に関してアイデアがあるのだったら、どうすれば実現できるかを戦略的に考えなければならない。だが、職場でストライキをすれば解雇のリスクがあり、デモを組織しようとしても簡単には人は集まらないだろう。デモの場合、重要なのは参加する人数だ。数百人でデモをしても大したインパクトはない。数万人、数十万人で国会を包囲すれば、政府は本気になって対策を考えるはずだが、若年層は組織化されていないので、そんなことは考えられない。

＊

テロはどうだろうか。現状に強い不満を持つ若年層は、どうしてテロに走らないのだろうか。人を殺傷するようなテロはもちろんよくないことだが、インパクトを与えるだけなら方法はある。ネット上には簡易爆弾の製造方法がいくらでも載っている。ビルを破壊できるような強力な爆弾を作るのは高性能の爆薬と雷管が必要なので無理だが、爆発力の弱いチープな爆弾は農薬など身の回りにあるものを使って比較的簡単に作ることができる。それを作って、人気のない空き地や駐車場などに置き、「次は繁華街に設置するぞ」という脅迫文を添えるだけでいい。

勘違いしないで欲しいのだが、わたしはテロを勧めているわけではない。わたし自身テロに遭遇して死んだり傷ついたりするのはいやだし、人が殺傷されるのを見るのもいやだ。実際にテロをやるのと、テロという抗議や提言の選択肢について想像を巡らすのは違う。テロは、権力やシステムに対して具体的なインパクトを与えることができる。

若年層の間でテロが具体的に話題にならないのは、ほとんどの若者が本気で変化を望んでいないからではないだろうか。

確かに今の若者たちは、上の世代が実力で社会を変えるのを見ていない。だが上の世代から受け継がなくても、歴史から学ぶことはできる。変化の必要性が叫ばれ続けている割りには、誰も変化を望んでいない、それが現在の閉塞感の源ではないかと思う。

基本的に下の世代には興味がない。

Sent: Wednesday, February 09, 2011 9:59 PM

4月から「文藝春秋」本誌で小説を連載することになった。「文藝春秋」は保守インテリのおじいさん&おじさん向けの雑誌で、10年ほど前にも『希望の国のエクソダス』という作品を連載したことがある。そのときはまるで「アウェーで戦う」ような気持ちで、80万人の中学生が集団不登校になるという物語を書いた。新連載の詳細はまだ明かせないが、主人公は老人たちである。

わたしも来年は還暦だから、老人たちの物語を書いても不思議でも不自然でもないのだが、ずいぶん長いこと現代の若者を描いた作品を書いていないと気づいた。前述の『希望の国のエクソダス』は近未来が舞台で、しかも登場人物たちは中学生だから厳密に言えば若者ではなく子どもだ。最新作の『歌うクジラ』の主人公は15歳で若者だが、舞台は22世紀だ。その前の『半島を出よ』にも常軌を逸して異常な若者のグループが登場するが、やはり近未来の話だった。

記憶をたどると、現代の若者が主人公の作品は社会的引きこもりを描いた『共生虫』、それに援助交際をテーマにした『ラブ&ポップ』あたりが最後だ。若者を主人公にするのを止めたのは、わたしが還暦間近という年齢になったからという理由がもっとも大きい。わたし自身、若者とはほど遠い歳になってしまって、「若者の生態」がよくわからない。だが、「若者の生態」に象徴的・普遍的なモチーフがあると思えば、たぶん書くだろう。

もともと若いときから下の世代には興味がなかった。その理由も考えたことがなかったが、単純に上の世代のほうが情報量が多いから、ということかも知れない。しかし、どういうわけか、読者としては、できれば若い世代もいて欲しい、若い人にも読んで欲しいと思っている。たまにサイン会をやるが、おじさんおばさんばかりではなくて若い人が多く来てくれるとうれしい。だが、当たり前だが、若い人にも作品を読んでもらいたいというのと、若い人を主人公にして作品を書くのはまったく違う。

若い人にも読んでもらいたいのは、感性が豊かとかそういうわけではなくて、生き方に可塑性《かそせい》があり、情報への飢えが強いと思うからだ。年齢を経ると、読書はしだいに「趣味的」なものになりやすい。わたしは趣味的な読書を提供したくない。できれば生き方や基本的な考え方について、根本的な問いを提供したいと思っている。

＊

今の若者、とくに若い男を主人公にして小説を書くのは非常にむずかしいし、興味が持てない。ＡＫＢ48というアイドルユニットがあって、詳細はよく知らないので、事実誤認があるかも知れないが、ものすごく人気があるらしい。若い男たちが「握手会参加券」を入手するためにＣＤやＤＶＤを買うのだと聞いた。若い男たちは、雇用環境が厳しいので、きっと有り余る金で買うわけではないだろう。多くは、なけなしの金を使うのだ。そしてその金の多くはプロデューサーの秋元康をはじめとするおじさんたちの懐に入る。

それが悪いとか、非生産的だとか非難するつもりはない。多くの若い男たちがAKB48によって生きる希望を得て、自殺を考え直し、通り魔でもやってみるかという殺伐とした気持ちを和ませ、日本社会の治安にも貢献し、握手会参加券を買うために一所懸命アルバイトに励むことで日本経済の下支えにもなっているのかも知れない。だが、違和感はある。多くの若い男たちがだまされているような気もする。AKB48がアートとは無縁のまがいものであるとかそういった意味ではない。現状を批判したり否定したりしないように、つまり多くの若い男たちのエネルギーや怒りを削ぐ機能を、「結果的に」AKB48は果たしているのではないかと思う。怒りを忘れたアホになるように仕向けられている気がする。

かなり前だが、宮崎駿《はやお》氏と対談したときに、同じような話題になった。『風の谷のナウシカ』以来、『天空の城ラピュタ』『となりのトトロ』『魔女の宅急便』『もののけ姫』など、彼の作品の主人公はそのほとんどが少女だ。少年も出てくるが、脇役だ。そのことを聞くと、宮崎さんは「男の子を主人公にはしづらい、なぜなら現代社会において男が判断し決定する重要事項が減っているから」というようなニュアンスのことを答えた。

女は「子どもを産むか、産まないか」という普遍的な決定事項があり、さらに社会とどう関わるかという選択も、「学校を出て就職」とほぼ決まっている男に比べるとよりシビアだ。現状は、わたしが宮崎駿氏と対談したときよりも、さらに閉塞が進んでいる。多くの若い男たちの、生き方の選択の幅が狭まっている。確かに、イチローや野茂や中田英寿に代表されるプロスポーツ選手や、音楽家やダンサー、それにシェフなど、海外で訓練を受けたり活躍したりする男は増えたが、全体のごくごく一部に過ぎない。ＩＴを駆使して成り上がる男たちにしても同様で、ごく少数だ。

圧倒的多数の若い男たちは、正規社員として就職することも簡単ではなく、抵抗とか反抗とか、あるいはエスタブリッシュメントに対抗する価値観の創出とか、そんな余裕はない。だいいち、今の若い男たちには「自分たちにしか知り得ない」情報もなく、バックボーンとなり得るような文化も持っていない。かつてビートルズは、若者たちに支持され、当時の大人たちのひんしゅくを買ったが、そんなポップアーティストは今どこにもいない。

*

わたしは、通り魔的な犯罪を実行する若い男や、自殺サイトに集まり集団自殺を実行する若者を主人公に作品を書こうとは思わない。また、海外に飛躍するプロスポーツ選手や、コンピュータを使って新しいビジネスを興した若い男の出世物語を書こうとも思わない。理由は、つまらないからだ。時代状況は、高度成長が終わった80年代くらいからほとんど変化していない。抑圧感や閉塞感だけが強くなっていて、雇用も非常に不安定で、よほどのバカではない限り将来に対する不安がある。不安が極端に強くなれば、精神がダメージを受け、何事にも無気力だったり突発的な犯罪に走ったりする人間が増える。

勘違いしないで欲しいが、わたしは若い男たちを批判しているわけではない。繰り返すが、基本的に下の世代には興味がない。現代の若い男を主人公にした小説を書かない理由を述べているだけだ。作家としてデビューして35年が経ち、還暦を目前にした年齢になったが、脅威を覚える新人作家もいない。下の世代に、こいつはやばい、と思えるような作家はいない。だいいち、そんな作家が大勢現われていたら、わたしはとっくに淘汰されただろう。

だが、それはおもに時代状況が原因で、新人作家に才能がないというわけではないのかも知れない。わたしは、高度成長がはじまるまえの貧しい日本も知っているし、凄まじい経済成長のただ中で育ち、バブルとその崩壊を体験し、経済の長い停滞を目撃している。そこにはある種の断絶がある。貧しさと豊かさ、経済成長という強烈な国家的目標の達成と喪失がある。今の時代を生きる若い男たちは、そんな実感がない。断絶が見えないのっぺりとした単一の閉塞の中で、死なない程度に何となく生きているように見える。繰り返すが、それが悪いわけではない。小説の主人公にはなり得ないというだけだ。

期待は甘えとほとんど同義語だ。

Sent: Thursday, March 10, 2011 2:50 PM

ゆっくりとした変化なので、気づいている人が少ないのかも知れないが、日本の政治は完全に末期的な症状を示している。わたしが主宰する「ＪＭＭ」というメールマガジンを通じて、山崎元という金融のプロから、重要なことを学んだ。政府の予算案をどう思うかという質問への回答の最後に、山崎さんは「政治は監視の対象ではありますが、期待を持ち込む場所ではありません」と書いた。以前から思っていたことが、はっきりと言葉になったような爽快な表現だった。大手既成メディアが、何を勘違いしているかはっきりとわかった。たとえば「菅内閣に何を期待しますか」という質問だ。新政権が発足するとき、メディアは「街の声」を求めて、人々にそう聞く。そんな質問は、意味がないというだけではなく、絶対に聞いてはいけないのだ。日本の政治システムでは、政権は総選挙で勝った与党が担当し、党首が首相となる。だから、選挙の際のマニフェストを実行するかどうか、国民もメディアも、単に「監視」するだけでいい。そして、マニフェストが実行できないときは、その理由を明らかにして、理由に納得できない場合は世論で政府を倒す。

なぜ期待などという言葉が使われるのだろうか。大昔、まだ日本が近代化の途上にあったころ、政治家になるのはよほどのインテリか富裕層だった。明治の開国のときは、徳川幕府を倒した薩長の将軍たちが政治を担当した。当時は、欧米に留学する人も限られていた。きわめて少なかった。そもそも義務教育が普及するまで、大多数の日本人は読み書きさえできなかった。政治家は、一般人から見ると雲の上の人で、無知な大衆をリードし、庶民の期待を集める存在だった。

また、高度成長が軌道に乗ったころ、国家には充分な税収があった。潤沢な国家予算をどう配分するかが政治家のおもな仕事で、分配金をもらうために地方の首長や代議士が「期待」を持って、陳情を繰り返した。だから、政治は、これまで無知な大衆の期待で成立してきたことになる。だが、もはや大衆は昔ほど無知ではない。大多数の人が大学教育を受け、政治家は知識や教養においても決して特別な存在ではないし、それどころか、信じがたいようなバカもいる。

＊

大多数の日本の政治家は、自分が監視されているのではなく、期待されているのだと勘違いしている。大手既成メディアが、何を期待しますかと街の人々に聞くのだから、そう勘違いするのも無理はない。「新政権のどんな政策について監視しますか」と聞けば、政治に良い意味での緊張が生まれるかも知れない。だがそんな質問が発せられることなく、日本は衰退の一途をたどるのだろう。

期待、奇妙な言葉だ。期待するというのは、相手に何かを望むという意味だが、経済や政治は本来は「契約」で成立していて、そういった概念からは無縁のはずだ。男が女に対して「甘い期待」を抱く、というのはごく自然なことだが、たとえば、営業が取引先に期待するのも、上司が部下に期待するのも、考えてみればおかしい。契約している場合を考えると理解しやすいが、契約を交わす双方には、契約の履行があるだけで期待はない。

政治への期待は、政治家になりたがる異業種の人間たちがあとを絶たないことの理由でもあるのだと気づいた。このエッセイでも何度か書いたが、今、政治家ほど割に合わない仕事はない。財政が逼迫《ひっぱく》していて、再分配する国家予算がゼロサムなので、必ず誰かに、恨まれる。「お前のところのダムは2年待ってくれ、今年はあいつのところに建ててやることになっている」。潤沢な税収がある時代はそんな感じで収まった。だが、現在は、ある層に手当てすると、他の層には予算が配分できない。それがゼロサムだ。

小泉&竹中以来、地方の土建業者が泣きを見ている。公共事業が減り続けているからだ。社会保障費を毎年減額され続けた医療関係者にも怒りがある。大店法などの規制緩和のせいで打撃を受けた地方の商店街には不満が渦巻いていて、助成金が底をついた中小企業も不満を持っている。大企業は、製造業を中心にさらなる減税を求めているし、労働者たちは給料が上がらないので絶望的になっている。要するに今の世の中には、不平不満だけが充ちている。だからゼロサムの予算しか組めない政治家は、ちょっとした失敗で激しく糾弾される。

こんな時代に政治家になろうという人の気が知れない。しかも、もともと政治家を目指してきた人間ではなく、弁護士やコメディアンや経営者などが勇んで政治家を目指すようになった。なぜそんな非合理な人間が多いのか、わたしはどうしても理解できなかったのだが、期待というキーワードを知ってやっとわかった。たとえば知事に立候補する場合、期限と数字を決めてその自治体の財政を改善させるというような約束をする候補者はいない。政治の主要な仕事とは失業を減らし雇用を増やすことだという説もあるが、具体的な数字を挙げ、失業者をこのぐらい減らし、これだけの雇用を創出します、という約束をする候補者もいない。

彼らが言うのは、「〇〇県を元気にする」とか「若者が夢を持てる県政」とか、わけのわからない曖昧な文句だけだ。だから、人々は、首長や政治家に「期待」せざるを得ない。2年以内に失業率を3%台にして、5万人の雇用を創出しますという約束をすれば、実行できるかどうか県民や都民から「監視」されることになる。だが、政治家への監視という概念が希薄なので、聞こえのいいパフォーマンスを演じていれば、それだけで人気は維持できる。

*

自分はこれだけのレベルの仕事をする、とわたしは作品を通じて常に宣言している。編集者や出版社、それに読者の信頼を失うわけにはいかないので、売れるかどうか、大勢に好まれるかどうかは別にして、質の高い作品を書き続けなければいけない。期待なんかされたくない。今の日本では、期待は甘えとほとんど同義語だ。読者から「期待してます。がんばってください」と言われたりすると、うれしいが、わたしはがんばったりしないし、期待に応えようとも思わない。質の高い作品を書くだけだ。

わたしは他人にも期待しない。たとえば芥川賞の選考会で、わたしが推した作品が受賞したとする。新聞記者は「今後にどんな期待をしていますか」と聞いたりするが、他人には期待しませんと答える。新人作家に何を期待すればいいというのだろうか。強く美しい作品を書き続ければサバイバルするだろうし、ダメになっていく作家もいるだろう。Ｇ２０１０という電子書籍の会社を作ったが、わたしはスタッフにも期待などしない。実現すると約束したことを、淡々とやってもらえればそれで充分だ。がんばる必要もない。単に、実現すればいいのだ。

日本人すべてに与えられた試練

Sent: Tuesday, April 05, 2011 10:51 PM

このエッセイは「消耗品2010年9月〜」というタイトルのテキストファイルに収まっている。先月号では、政治は期待の対象ではなく監視の対象だということを書いた。たった1ヶ月前に書いたものなのに、ひどく昔に感じる。まだあのころは良かったと思ってしまう。もちろん、「3・11」の地震とそのあとの津波による未曾有の犠牲と被害に加えて、連続して事故を起こした福島第一原発では今も放射性物質漏出の危機が続いていて、この原稿が活字になるころもおそらく同じような状況だろう。今の危機的状況を脱するのに、数ヶ月から数年、そして100年単位の監視が必要だと指摘する専門家もいる。

地震直後、世界各国が支援を表明し、「日本は決して嫌われていなかった」などと喜ぶ声もあったが、長引く原発危機は、しだいに海外を苛立たせているように見える。原発危機を報道する海外メディアの論調にははっきりと苛立ちと疑いが表われはじめた。「日本政府と東京電力は国民がパニックになるのを恐れて真実を隠蔽している」というような論調がその代表である。放射性物質の漏出と、近辺の放射線量は逐次報告されているが、原子炉の内部が正確にどうなっているかわからないので、さまざまな憶測が生まれる。

わたしは原子力の専門家ではないので、自ら状況や今後を予測することはできない。だが、いろいろな専門家、科学者、技術者のウェブサイトやブログを読んで、ロジカルに判断することは可能だ。結論から言うと、わたし個人としては、政府は嘘を言っていないと思う。東電の対応は最初から場当たり的で危機を深めたし、東電が政府に伝えていない情報があるかも知れないし、だいたい東電と経産省原子力安全・保安院がずっと別個に会見をしているのも理解できないし、いずれにしろ政府も東電もとてもほめられたものではない。しかし、政府は「嘘」はついていないと思う。

嘘と隠蔽のせいで、当然行なうべき避難がなされず、放射線による急性障害を含む被曝が大量に発生し、チェルノブイリのように広域の放射能汚染地域が半永久的に残る、という事態になったら、その政治家は後世まで永遠に呪われ、信じがたい汚点として歴史に残り決して許されることはないだろう。もしわたしが政治家だったら、それは恐怖だ。たとえパニックが起こって大混乱になり収拾がつかなくなるとしても、事実を伝えるほうを選ぶだろう。福島第一原発周辺では内外のさまざまな組織が放射線量を測定していて、東電も政府も数値をごまかすことはできない。原子炉の内部、特に燃料棒と圧力容器と格納容器がどのくらい破損しているかは不明だし、東電が報告を怠っている疑いはある。だが数値をごまかすのは無理だ。

＊

それでも、政府が嘘をついていないという断定はできない。発表が遅れたり、東電や保安院との連携が悪いのは確かだが嘘はついていないと、わたしが個人的にそう思っているだけで、本当のところはわたしにもわからない。ひょっとしたら後世まで永遠に呪われるという危機感は持っていないかも知れない。だが、死者と行方不明を合わせて2万人を超えるような大災害において、確信犯的に嘘をつくような政府だとしたら、わたしたち国民はその程度の民度だったとあきらめるしかない。

太平洋戦争で大本営が戦況に関して嘘の発表を続け、当時の大手マスメディアが協力して喧伝《けんでん》したことと対比させる意見もある。権力者は常に大衆をだますというロジックだ。戦争中の大本営と現在の政府の違いは、まず国民の側の監視装置が進歩しているということだろう。複数のＮＰＯが現地で放射線量を独自に測定し、科学者や技術者は自身のブログやツイッターで発信を続けている。すべての面においてというわけではないが、通信手段が限られた大本営のころに比べると、より広範に厳格に政府は見張られている。

勘違いしないで欲しいが、わたしは政府の対応を支持しているわけではない。政府は大震災に対応できているとは言い難い。点在する被災地の正確な情報さえ把握し切れていないという指摘もある。また各地方・地域の行政との連携の悪さ、指揮系統の混乱もいっこうに是正されていないらしい。原発危機に関して言うと、官邸が危機管理の主導権を握るのは最初から無理がある。枝野官房長官はそれなりに健闘していると思うのだが、悲しいことに彼は原子力の専門家ではない。当事者である東電ではなく、また保安院でもない、事故処理に即応するための機関と統括責任者が必要だと思うが、今のところ現われる気配はない。

政府が嘘はついていないと思うことと、政府の対応を全面的に信用するのは違う。わたしたちは、科学者や技術者の情報を独自に収集することができる。ごていねいに、東京のある地点に放射能測定器を置き24時間 Ustream で公開している人もいる。自分たちの身近に存在する放射能には鈍感になってはいけない。

＊

地震発生から1週間経ったときニューヨークタイムズから依頼があってエッセイを寄稿した。以来内外からの取材依頼が増えたが、スウェーデンのラジオを除いて応じていない。ニューヨークタイムズのエッセイで伝えたいことはほぼ伝えたので、現時点ではあまり発言したくない。

今後原発が本当に小康状態を迎えることができるのかも不明だし、日本と日本人がどう変化するか、まだ予測がつかないという理由もある。ひょっとしたら変化はないかも知れない。単にこれまでよりも顕著に衰退するだけかも知れない。現にその兆候はある。放射能汚染水が海に流れ出ているので、寿司をはじめとする海外の和食屋から客が遠ざかっているのだそうだ。食料以外の、機械や繊維など日本からの輸出品が通関できない例も増えているらしい。東北の部品工場が稼働していないので、トヨタをはじめ各企業の生産が激減している。

この状況で円が暴落したら、日本はもう二度と立ち直れないかも知れない。

大手既成メディアは、新しい国難に対応できているとは思えない。政府と同じで、彼らが嘘をついているというわけではない。だが、多様化した国民に対して、一律のアナウンスメントしかできない。福島原発に関して、「今後、原子炉で再臨界が起こって周囲20キロ圏内の土地が永遠に立ち入り禁止区域になっても東京など首都圏の放射性物質の影響は軽微なので避難指示は出ない」などというアナウンスが基本的にできない。首都圏の人はそういった情報が欲しいはずだが、原発周辺の住民のことを考えるとおそらくできないのだ。

この大災害は、すべての日本人に試練を与えている。試練を正面から受け止めている個人と組織だけが、変化の契機を得るだろう。

ダメ元で、レバ刺し！

Sent: Thursday, May 05, 2011 6:15 PM

50代の半ばを過ぎてから生活パターンが変わって、歳を取ったんだなと実感することが多い。まず食生活が変わった。あまり肉を食べなくなった。それでもレバ刺し&焼き肉はたまに食べる。だがやはり魚や野菜が多くなった。あと、酒の量が減った。40代ではまだ夕方から明け方まで飲んだりしていたが、もうそんなことはなくなった。酒を飲むのもだいたい定宿《じょうやど》のホテルのバーだ。外に出ることもない。もう10年近く赤坂や六本木の飲み屋には行っていない。銀座のクラブには、企業などとの付き合いで年に1、2回行く。昔は、六本木などに文化人・業界人のたまり場のような飲み屋があって、わたしもよく顔を出したが、今もそういった場所があるのかどうか、興味もなくなった。

食事でもっとも利用するのは、定宿のホテルの和食屋内にある寿司屋だ。だが、寿司がそれほど好きかと聞かれたら、返答に困ってしまう。相当長期の海外取材でも、現地で寿司を食べたいと思ったことはない。海外から戻ってきても、寿司屋には行かなかった。どうして都内のホテルに滞在中に寿司屋によく行くかというと、もっとも近いからだ。ホテルには他に和食屋がもう1軒と中華、カフェ・レストラン、それにフレンチが入っているが、寿司屋がいちばん近い。

部屋を出てエレベーターで下って20歩ほどでカウンターに座ることができる。はす向かいにある別のホテルの鉄板焼きにもたまに行くが、圧倒的に定宿の寿司屋が多い。ひんぱんに海外に行っていたころ、まず探すのは中華とコリアンで、寿司屋ではなかった。和食屋や寿司屋は、NYなどを除くと大都市にしかなく、またあまりおいしくないので探す気も起きない。

＊

先日、電子書籍をいっしょに作っている若いスタッフと焼き肉を食べながら、「死刑になる前に好きな寿司を食べていいと言われたらネタは何にする？」という話題で盛り上がった。意外なことにトロの握りはあまり人気がなく、コハダやサバといった光りもの、それにヒモキュウ（赤貝のヒモとキュウリ）やネギトロ、かんぴょう巻きなど巻物を挙げる人が多かった。「龍さんは何をリクエストするんですか」と聞かれ、「レバ刺し」と答えたが、「寿司ネタと言ったのは龍さんじゃないですか」と全員が唖然とした。

「だからダメ元で、レバ刺しと言うんだよ」とわたしは言った。どうせレバ刺しなんか刑務所にあるわけないから、そんなのダメだと断られる、そのあとで、おれはリクエストするんだと言うと、そうするとやっぱりトロか穴子ですか、と聞かれたので、「違う、またレバ刺しを要求するんだ」と答えると、みんなバカバカしくなったようで、その話題は終わった。

よくわたしといっしょに食事する人は、なじみの店のレパートリーの少なさに驚く。たまに六本木にある2軒のフレンチに行くが、それらの店は昔からの行きつけなので、例外だ。だいたいホテル内か、その周囲にある店しか行かない。正確に言うとタクシーで20分という距離が限界だ。だいたい四谷から東には行かないし、渋谷から南にも行かない。そういった地理的条件で、しかもうまい店というのは非常に限られるので、なじみの店というのは本当に少ない。しかし考えてみるとそれは歳とは関係なく、昔からそうだった。NYでもパリでもロンドンでもローマでも同じだった。定宿の周囲でおいしい店を選び、そこに通う。だから食べ歩きが好きな人は、わたしとの旅行を嫌う。わたしはグルメでも何でもない。

＊

歳を取って変わったのは、食生活や酒だけではない。スポーツというか、身体を動かすやり方もだいぶ変わった。昔は、おもにテニスをやっていた。テニスをはじめたのは20代後半で、都内から横浜市郊外に引っ越してきて、周囲にテニスクラブがたくさんあったのがきっかけだった。ほぼ同年配のテニス仲間ができて、その中には高校や大学の元テニス部員など上手な人も多く、教えてもらいながら、ほとんど毎日テニスコートに通った。そのころのことは『テニスボーイの憂鬱』という作品に反映されている。

今、テニスはほとんどやらなくなった。たまに息子とシングルスをやるくらいだが、息子は高校、大学とテニス部だったので、必ずわたしが負ける。しかも完膚無きまでにやられる。だが、近所のテニスクラブにふらっと行って、ダブルスを楽しむということがまったくなくなった。理由はよくわからないが、テニスというスポーツがハードに思えてきたのかも知れない。テニスは走らなければボールを打てないが、わたしの足腰はすでにハードな走りには耐えられない。ちょうど10年前に椎間板ヘルニアになってから、足腰にあまり負担をかけないように決めた。ヘルニアは比較的軽かったので手術もせず、痛みが取れたあとの腹筋運動とアクアウォーキングでだいぶ改善した。

最近、どういう運動をやっているかというと、メインは朝夕の犬との散歩だ。メスのシェパードだが、もう歳でほとんど走らない。でも10年来の仲だし、一昨年に大きな手術をしたあと、ずっとわたしの書斎に同居していたので、とてもよくなついている。その老犬と、近所にあるかなり広い公園をゆっくりと歩く。家を出て、公園を横断し、さらに小さな別の公園を通って戻るまでだいたい40分くらいだ。犬の散歩については以前も書いたので、これ以上は省略する。

その他には、最近卓球をはじめた。一昨年家を新築したとき、多目的のかなり広い部屋を作り、しばらくして卓球台を置いた。卓球は子どものころやっていたし、ラケットの面と動きとボールの回転の関係はテニスとあまり変わらないので、すぐにその奥深い面白さにとりつかれた。テニスと違って、卓球はほとんど走ることがない。だからあまり腰に負担がかからない。足の動きは、縄跳びとかボクシングのステップに近く、それでいて運動量も豊富なので、1時間もガチンコの試合をすると、大量の汗をかくし、筋肉も鍛えられる。なじみのマッサージのおばさんに「足の筋肉が締まりましたね」と言われた。

テニスは、卓球に比べるとラケットもボールも大きく重いので、スピンをかけてボールをコントロールするためにはかなりの力が必要だ。基本的に肩を中心にしてスイングしなければならず、スピンをかけるときは手首への負担も大きい。だが卓球は、肘を支点にして手首の微妙な動きでラケット面をコントロールするので、小さなスイングと少ないエネルギーでボールを操れるという面白味と深みがある。

渋谷や新宿で食事したあと、卓球台が置いてある遊技場に行くことも増えた。たいていは歓楽街の雑居ビルにあるが、卓球ファンは案外多く、老若男女が楽しそうに笑いながらラケットを振っている。卓球は用具も安いし、広いスペースも不要で、大勢が楽しめる。ＮＹには、卓球台を置いたセレブ用の高級クラブがあるらしい。フランフランを経営する高島さんあたりが、そういうクラブを東京にも作ってくれないかなと思う。もしそんなクラブがあれば、四谷以東でも渋谷以南でも、わたしはきっと常連になるだろう。

「憂鬱」と「希望」

Sent: Wednesday, June 08, 2011 5:20 PM

6月中旬現在、福島第一原発は収束の目処が立っていない。だいたいどういう状態が「収束なのか」ということさえ曖昧になりつつある。四肢の切断と全身麻痺は免れましたが病原菌は生きていて少しずつ周囲の細胞に染み込んでいます、と医師に言われているような感じだ。漠然とした不安があり、何となく落ち着かないし、精神は内向きになって外部への関心が薄くなっている。リビアやイエメンという国家がひっくり返るかどうか、ギリシャの財政が破綻するか、フジモリの娘はペルーの大統領になれるのか、そんなことよりも3号機の圧力容器底部の温度急上昇のほうが気になる。

考えてみれば当然だ。原子炉が爆発するリスクはほぼなくなったが、この先どれくらいの放射性物質が漏れ出るのか、土壌や海はどのくらい汚染されるのか、誰にもわからない。そんなときにイエメンのことを真剣に考える余裕はない。よくない状況だと思うが、わたしたちはもっとも身近にあるリスクに敏感になるようにと、本能的に刷り込まれている。ナイフを持った暴漢に追われているときに欧州の財政危機の日本への影響について考える人間はいない。

*

国際情勢への関心は薄くなっているが、スポーツは別だ。チャンピオンズリーグのサッカーを欠かさず見た。今年は好ゲームが多かった。優勝したバルセロナは、圧倒的な完成度を持ったチームだった。サッカー史上もっとも優れたチームかも知れない。高度なパスサッカーで、イングランドやドイツのスピードとディフェンスを封じて圧勝した。リオネル・メッシが見せてくれたドリブルとシュートは、一瞬わたしの憂鬱を忘れさせてくれた。メッシのプレーに感動し憂鬱が消えたのは、その瞬間いろいろな不安を忘れたからだが、それだけではない。

メッシのドリブルとゴールは、大げさに言うと、希望を与えてくれたのだ。「こいつはすごい、天才だ」とわたしは最初にそう思い、次に「これまでにもたくさんのすばらしいゴールをスタジアムやテレビで見てきたな」と過去を思い出し、そして「ひょっとしたらこうやって世界は続いていって、これからもこういった感動を味わうことができるかも知れない」と思うことができた。悪いことばかりが起こるような予感にとらわれているが、案外これから先、いいこともあるに違いない、そう思えるような事象に出会い、確信に近い思いを持つこと、それが希望だ。

テニスの全仏オープンのロジャー・フェデラーとラファエル・ナダルのゲームに対しても、同じような思いを抱いた。フェデラーのテニスは完璧だ。サーブもショットもフットワークもメンタルも最高レベルで、欠点がない。フェデラーがウィンブルドンで連勝をはじめたころ、対抗できる選手が現われるとは想像できなかった。だが、若いスペイン人が現われ、驚異の筋力と走力とスタミナで、チャンピオンの座を奪った。ナダルがフェデラーをはじめて決勝で破った試合は、間違いなくウィンブルドン史上最高のゲームだった。

全仏オープンを見ながら、テニスのトーナメントを回っていたころを思い出した。そのころ、男子はボルグやマッケンロー、コナーズやレンドル、女子はクリス・エバートやナブラチロワ、そしてシュテフィ・グラフが主役だった。全仏が行なわれるローランギャロスにはプレス専用のレストランがあって、当時ボジョレーのワインメーカーがスポンサーだったこともあり、ワインが飲み放題だった。食の国フランスらしく、前菜とメインとデザートが用意され、昼間からワインをがぶ飲みして、気持ちよく酔い、フラフラした足どりでコートに向かい、世界最高峰のストロークテニスを観戦したのだった。そんな楽しいことがこれからもきっと待っているに違いないと、わたしはフェデラーとナダルの試合をテレビで見ながらそう思うことができた。最高度の技術と戦術で闘われるスポーツのゲームは、見る者にそういった希望を抱かせる。

＊

東日本大震災と福島第一原発事故のあと、過去の音楽や映画に接することが増えた。昔を懐かしがるのは嫌いだったし、今も嫌いだが、昔を思い出して現実から逃れようとしているわけではない。現実からは逃れられない。ただ、当たり前のように見たり聴いたりしていた昔の映画や音楽が、本当は貴重なものだったと今さらながら気づきはじめたのだ。たとえば、ヘンリー・マンシーニのムードミュージック、アルフレッド・ハウゼのコンチネンタルタンゴ、それにアントニオ・カルロス・ジョビンのボサノバなどだが、そういった音楽は、ジョン・コルトレーンやマイルス・デイヴィスなどの硬派なジャズに比べると、万人受けを狙ったもので、浅くて軟弱であり、芸術性からほど遠いとされていた。もちろんきちんとした批評など皆無だった。

だが、今マイルス・デイヴィスは滑稽な感じがして聴けないが、それらの「軟弱な」音楽は繰り返し聴いても飽きない。同じように、プラターズやビーチボーイズやレイ・チャールズを聴いて、なんて歌がうまかったんだろうと今さらながら感心してしまう。単に「昔はよかった」わけではなく、たとえばアルフレッド・ハウゼの場合、当時のドイツの音楽芸術学校を出たもののベルリン・フィルには入ることができなかった、というレベルのバイオリニストが集まって弦のアンサンブルを弾いているのだ。デジタルレコーディングなど影も形もない時代、フルオーケストラが一発録音で全曲を演奏している。

そして、それらの音楽に力がある最大の要因には「美しく強い音楽が強く求められていた」という時代状況がある。第2次大戦からの復興期、世界は悲しみを忘れることができる美しく強い音楽を求めていた。そういった無数の大衆の要請により、大編成のオーケストラが生まれ、世界中でレコードが売れたので、経済的に維持することも可能となった。どういうわけか、またいつのころからか、世界は美しく強い音楽を必要としなくなった。戦争のような集団的な悲しみが失われたからだとわたしは個人的に考えているのだが、やがて、優れたポピュラー・ミュージックは終焉《しゅうえん》してしまったのである。

現在の日本には、「強くて美しい」ポピュラー・ミュージックが必要なのかも知れない。共通の集団的悲しみや憂鬱があるからだ。だが、必要だからといってそういった音楽は簡単には生まれない。アントニオ・カルロス・ジョビンもレイ・チャールズもビートルズも、二度と現われることはない。わたしは往年の名曲を聴きながら、失われてしまって二度と戻ってこないものに、思いをはせているのかも知れない。

「差別」と「偏愛」

Sent: Monday, July 11, 2011 3:24 PM

最近の若者には desire が足りない、つまり欲望が薄いとよく聞く。すでに死語になってしまった「草食系」という言葉も似たようなニュアンスだった。わたしがインタビュアーを務める『カンブリア宮殿』というテレビ番組には、戦前・戦中生まれの経営者も登場するが、彼らには一様に、異様に強烈なパワーがある。時代が進むにつれて、とくに60年代、70年代生まれになってくると、より洗練され、高度な合理性や国際性を身につけた経営者が多くなるが、ギザギザしたエッジの効いたパワーは減っていくような印象がある。

わたしはすでに59歳になった。デビューしたばかりのころ、先輩作家である故・中上健次に「なんでお前はそんなにあっさりとして、どことなく白けていて、引っかかりがなくてつるつるした感じなんだ」と言われたことを今でもよく覚えている。中上健次が死んでもう20年近くが経つ。中上さんは、むちゃくちゃな人だった。「今から三田誠広を殴りに行くからお前も来い」と真夜中に電話をしてきたり、気持ちよく酒を飲んでいて急に怒りだし、突然そのあたりにいる人間をウイスキーのボトルで殴りつけたりした。彼の複雑な家族関係を考えると、さまざまなトラウマがあったのだろうと、今は理解できる。だが中上さんは過去や家族のことをネガティブに語ったことはなかった。つまり、自らの暴力や自虐を家族のせいにすることがなかった。

中上健次に殴られた作家、編集者、画家などは数え切れない。わたしの目の前で血だらけになった作家もいた。だが不思議なことに、怒り狂った中上健次を数十回目の当たりにしたが、わたしは一度も殴られたことがない。最初に会ったとき、寿司を食べていて、突然「お前は年下のくせに生意気だ」と怒鳴られ、殴られると覚悟した。だが、わたしは、「怒鳴らないでください」と冷静に言った。年下と言っても6歳しか違わないじゃないですか、たかが6歳年上だというだけで威張るのも止めてもらいたいです、わたしはそう言った。度胸があったわけではない。単に酔っていて、どうにでもなれと思ってそう言っただけだ。すると中上さんは、顔を真っ赤にしたあと、じっとわたしの顔を見て、微笑み、お前は面白いやつだな、と言った。

確かにこの人に比べると自分はつるつるしているというか、引っかかりがないというか、白けているというか、欲望やトラウマが薄いんだな、と中上健次に会うたびにそう思った。目には見えない傷口がぱっくり開いていて、身体のどこからか常にドロドロと血や体液を流している、そんな人だった。どんなに酔っていても、言葉はナイフのように鋭かった。もうあんな人には二度と出会えない。

＊

わたしは中上健次が死んだ歳を超えて、すでに10年以上長く生きている。中上さんと出会ったころは、わたしの周囲は男も女も全員年上だったが、今は逆だ。編集者や電子書籍のスタッフ、それに『カンブリア宮殿』のスタッフも、全員わたしより年下だ。そして、わたしは彼らに対し、中上健次がわたしに対して抱いたのと同じ思いを持つようになった。つまり、欲望が薄く、のっぺりつるつるしていて、白けているということだが、そういった表現はわかりにくい。つるつるしているとはいったいどういうことなのだろう。

わたしがひんぱんに会って食事したり酒を飲む編集者は数えるほどしかいない。G2010というわたしの電子書籍会社の友人を含めても、親しいと言える友人は数名しかいない。知り合いはかなり大勢いるが、友だちは非常に少ないし、多く欲しいとも思わない。わたしが信頼している編集者、友人には特徴があることに最近気づいた。頭脳とか、理解力とか、体力とか、経済力とか、性格とかはあまり関係がない。もちろん性格が悪い人間とわざわざ付き合うほど物好きではないので、「いいやつ」が多いのだが、特徴というのはそういったことではない。みんなちょっと変で、面白く、酔うととんでもないことを言ったりしたりするが、それが特徴というわけでもない。

特徴は、「偏愛」だ。偏った愛情というか、自分が魅入られた作品に対しての理性を超えた絶対的な愛情があるということだ。この作品を世に送り出すためだったら何でもするという気持ちがこちらに伝わってくる。そして、ここが大切なところだが、どんな作品に対してもそういった気持ちを持つわけではない。しかし、彼らは作家や作品を差別化していることを絶対に口外しない。その作業がルーティンワークとなっていても、担当する作家の批判をしたりしない。まして悪口など絶対に言わない。差別化していることを決して言わないのに、どういうわけかそのことが伝わってくる。

わたしは彼らから大事にされている。それは作家として幸福なことだが、その幸福や信頼は自然に維持されていくわけではない。わたしには、常に彼らの想像を超える作品を書かなければいけないというプレッシャーとストレスがある。絶対に失望させないという覚悟が必要で、それが緊張を生む。

だが、彼らより若い世代の編集者には「偏愛」がない。偏愛は民主的ではなく、理性とは別のシステムで稼働している。だから意識して抱けるものではない。不安とか恐怖に似ている。不安や恐怖にとらわれると逃れるのはむずかしいが、意識して不安や恐怖を持つのは無理だ。どうやって偏愛が生まれるのか、わたしはいまだによくわからない。きっと無意識下から上ってくるのだろうと思うのだが、はっきりしたことはわからない。どうして悪夢を見るのかわからないのと同じだ。

＊

たとえば編集者として、偏愛がなく、並列的にどんな作品にも同じ愛情を注ぐことができるほうが、民主的だし、楽なのかも知れない。だが小説という表現物を作り上げるときには、民主的であることなどまったく意味がない。偏愛のない編集者には、おそらく死ぬほど好きな音楽も映画も絵画もないはずだ。

好きという感情には、程度の差はあるが偏愛が含まれる。本当に好きなものに対しては、どういう理由で好きなのか説明できない。理由を説明できるのは単なる「好み」で、必ず趣味的だ。

ケネス・アンガーというアメリカの伝説的なアンダーグラウンド映画作家がいる。『スコピオ・ライジング』という短編では、ボビー・ヴィントンの『ブルー・ヴェルヴェット』の曲が流れ、ゲイの男性がふわふわした白い毛皮でハーレー・ダヴィッドソンの車体を磨くシーンがあり、わけがわからず惹きつけられる。とにかく何が何でもこの映像を撮りたかったんだなと思わせる強烈なイメージで、理性で考えて思いつけるものではない。デヴィッド・リンチはこの短編をヒントに『ブルー・ヴェルヴェット』を作ったと言われている。映画全体が、偏愛だけで成立しているのだ。偏愛を持つ人はもうすぐ絶滅危惧種になってしまうだろう。偏愛のない世界は、貧しく、寂しい。

「満足」より「感動」

Sent: Monday, August 08, 2011 4:31 PM

わたしがインタビュアーを務める『カンブリア宮殿』というテレビ番組ではときどき「すごい」と感心する若者に出会う。先日は、生産者とダイレクトに取引して独自の流通システムを持つ飲食業の経営者がゲストだった。その会社の幹部の一人に28歳の若者がいて、彼の「リピーター獲得論」にびっくりした。業界紙のインタビューに答えて、彼が話していたのは、次のようなことだった。

客にアンケートをとり、食事から店員の対応まで、「不満」「やや不満」「普通」「やや満足」「満足」という風に選んでもらうのだが、リピート率に関して言うと「不満」から「満足」まで、実はほとんど変わりがないらしい。つまり非常に努力している店と、どうしようもないサービスの店で、「リピート率」に関しては大して差がないということになる。だが、その店が「満足」ではなく、「感動」を与えることができたとき、「リピート率」は飛躍的に上がるのだそうだ。

アパレルから家具、百貨店からホテル・旅館、飲食業にいたるまで、ほとんどのサービス・小売業において、利益を上げるためにはリピーターをどれだけ獲得できるかにかかっている。常に満室状態という人気を誇る「スーパーホテル」というビジネスホテルチェーンがあるが、その経営戦略も、リピーター客をどうやって獲得するかという一点に集中している。以前は、ビジネスホテルは特定の会社や旅行代理店と提携し「団体客」の獲得を目指していた。だが現在多くの企業はぎりぎりまで出張費を削っているので、出張する社員は自分でホテルを選ばなくてはならなくなってきている。旅館にしても同じで、企業の団体旅行も減っているし、官費による自治体の団体客も極端に少なくなった。

ビジネスマンだけではなく一般の旅行客、それに主婦もインターネットでホテルを探し予約するようになった。ネットで予約する際には、宿泊費、部屋の広さ、周囲の環境、アクセスの利便性などが比較の対象になり、実際に宿泊したときにはそのサービス全般の質が問われることになる。ホテルも旅館も、それに旅行代理店なども、いかにして個人客を獲得するか、リピート率を上げるかが勝負の分かれ目になっている。顧客が多様化し、社会の均一化が崩れ、好むと好まざるとに拘わらず「個人」が露わになってきたからだ。そしてリピート率を上げるためには「満足」ではなく「感動」が必要らしい。

＊

前述の「リピーター獲得論」の28歳によると、「感動」は小さな工夫による顧客と従業員のコミュニケーションの積み重ねによって生まれるということだった。自分はこの店から大事にされているという思いを顧客が何度も繰り返し抱くことが重要なのだそうだ。ただし、ビジネスホテルの場合だと安眠のための工夫が施され、朝食がおいしく、部屋も建物全体も清潔であるということは必須の前提となる。飲食店の場合は、おいしくて値頃感もあり、店員の応対もていねいであるというのが前提となる。ただそれはあくまでも前提であって、それだけでは感動を生むには至らない。

飲食店の場合、客の感動は従業員との交流によって生まれる。自分は大切にされているという思いが感動に繋がっていく。わたしは、個人的には、別に飲食店で感動しなくてもいい。飲食店でもホテルでも、大切にされているという実感は常にある。だが、それはわたしが有名な文化人であり、たいていの店にとって「ありがたい客」だからだ。実際、わたしは「いい客」だと思う。基本的に礼儀正しい態度を心がけているし、面倒な注文やクレームをつけたりしないし、当たり前だが自前でちゃんと支払いをするし、ときどき他の有名人の友人を連れてくるし、店側にとって「あ、ここは有名人が来る店なんだな」という看板にもなる。

だからわたしは、たとえばホテルにチェックインするとき、「お帰りなさいませ」と言われるのが苦手だ。わたしが帰るのは自分の家であり、ホテルには仕事で宿泊するのだから、「いらっしゃいませ」で充分だと思ってしまう。だが一般の、有名ではない人、それほど経済的に余裕がない人は、そうはいかない。お金を支払う以上、自分がその店から大切な客だと思われているかは重要な問題だ。そして、大切に扱われていると実感できれば「感動」の芽が生まれ、もう一度この店に来ようと思うのだ。

大切に思われ、扱われたいと多くの人が思っているのは、寂しさを抱えているからだと思う。多くの人が、他人によく思われたい、他人から必要とされたい、大切な存在として扱われたいと思っているのは、本質的に「寂しい」からだ。寂しい人は、老若男女を問わず、間違いなく増え続けているが、わたしはそれが悪いことだとは思わない。以前、まだ「世間」という地域社会の相互扶助システムが機能していたときは、そういった寂しさは存在しなかった。

わたしが生まれ育った時代、九州西端の街佐世保には、イタリアン・レストランもワインバーもヨーロッパのブランド品を売る店もなかったが、年代を問わず集まれる場所があり、そこに行くと、必ず顔見知りがいて当然のこととして歓迎され、気持ちが和み、自分が属する小社会があることを確認できた。リタイアした年寄りたちは、酒屋の立ち飲みや町内に1軒あったうどん屋で昼間から酒を飲み、語り合っていた。主婦たちは米屋や魚屋や肉屋などどんな場所でも集まって喋り、亭主の悪口を言い合ったりしてストレスを解消していた。子どもたちは子どもたち同士で遊び、若者は映画に行ったりナンパし合ったりバイクに乗ったり、とにかくつるんで遊んでいた。それで充分だった。もっとうまいものを食べたいとか、地酒ではなくたまにはジョニ黒を飲みたいとか、映画スターが乗っているようなスポーツカーが欲しいとか、将来は海外に行ってみたいとか、おそらく実現することはないだろうと自分でもわかっているさまざまな欲求はあったが、別に寂しくなんかなかった。

＊

幻冬舎文庫 最新刊 ミステリフェア

表示の価格はすべて本体価格です。

砂冥宮
内田康夫

青春の傷跡に引きずられ男は砂丘に消えた。

「金沢へ行く」。そう言い残した老人が、石川県「安宅の関」で不審死を遂げた。彼の足跡から見えてきたのは戦後の米軍基地問題を巡る苦い歴史。浅見光彦が時を超えて真実を追う社会派ミステリ。

600円

屑の刃
重犯罪取材班・早乙女綾香
麻見和史

大人気警察小説の著者による新シリーズ始動。

男性の〝損壊〟遺体が発見された。腹部を裂かれ、煙草の吸い殻と空き缶が詰められた死体の意味は？　酷似する死体、挑発する犯人、翻弄されるマスコミ。罪にまみれた真実を暴く、緊迫の報道ミステリ。

書き下ろし

600円

姫君よ、殺戮の海を渡れ
浦賀和宏

その4日間が少年達の運命を変えた。

敦士は、糖尿病の妹が群馬県の川で見たというイルカを探すため旅に出る。やがて彼らが辿り着いた真実は悲痛な事件の序章だった。哀しきラストが待ち受ける、切なくも純粋な青春恋愛ミステリ。

書き下ろし

840円

外事警察 CODE:ジャスミン
麻生幾

外事警察の機密資料漏洩！その裏にはいったい何が？

外事警察の機密資料が漏洩する、前代未聞の事件が発生。ＺＥＲＯに異動した松沢陽菜がその真相を追い、辿り着いたのは想像を絶する欺瞞工作だった。壮大なスケールで描かれる新感覚警察小説！

580円

誰でもよかった
五十嵐貴久

白昼のスクランブル交差点で無差別大量殺人事件発生！

渋谷のスクランブル交差点に軽トラックで突っ込み、十一人を無差別に殺した男が喫茶店に籠城した。九時間を超える交渉人との息詰まる攻防。世間を震撼させた事件の衝撃

650円

へたれ探偵 観察日記
相本孝思

小説史上、最もへたれな謎解き炸裂。

対人恐怖症の探偵・柔井公太郎と、ドＳ美人心理士の不知火彩音が、奈良を舞台に珍事件を解決する！ 人が苦手という武器を最大限生かしたへたれ裁きが炸裂する新シリーズ、オドオドと開幕。

書き下ろし

650円

鷹狩り 単独捜査
西川司

検挙率、道警No.1。この男の捜査、苛烈すぎる。

道警の鬼っ子・鷹見健吾。彼の捜査は、同僚が「鷹狩り」と言うほど苛烈。そんな彼がとある女性殺害の捜査を進めるうちに、医療ミス絡みの事件の匂いを嗅ぎ取り……。迫真の警察小説！

書き下ろし

690円

「ご一緒にポテトはいかがですか」殺人事件
堀内公太郎

アルバイトを始めたあかり。恋した店長札山は連続殺人事件との関係が噂されていた。疑いを晴らそうと、殺人鬼の正体に迫るあかりだが——。恋も事件もスマイルで解決!?

690円

裏切りのステーキハウス

木下半太

ステーキハウスが、地獄と化す！笑いと恐怖の傑作サスペンス。

良彦が店長を務める会員制ステーキハウスは、地獄と化していた。銃を持ったオーナー、その隣に座る我が娘、巨乳の愛人、高級肉の焼ける匂い、床には新しい死体……。果たして生きてここから出られるのは誰か？

書き下ろし

580円

はぶらし

近藤史恵

人にやさしくするのは、ドラマほど簡単じゃない。

鈴音は高校時代の友達に呼び出されて、十年ぶりに再会。一週間だけ泊めてほしいと泣きつかれる……。人は相手の願いをどこまで受け入れるべきなのか？　揺れ動く心理を描いた傑作サスペンス。

600円

彷徨い人

天野節子

理解ある夫、愛情深い父親として幸せな毎日を過ごしていた宗太。だが、たった一度の過ちが、順風満帆だった彼の人生から全てを奪っていく。決して他人事ではない、平凡な幸せが脆くも壊れていく様を描いたミステリー。

770円

盗まれた顔

羽田圭介

手配犯の顔を脳に焼き付け、雑踏で探す見当たり捜査。記憶、視力、直感が頼りの任務に就く警視庁の白戸は、死んだはずの元刑事を見つける……。究極のアナログ捜査を貫く刑事を描く警察小説！

730円

ミスター・グッド・ドクターをさがして

東山彰良

医師転職斡旋会社に勤めるいずみの周囲で不穏な事件が頻発。露出狂出没、臓器移植の隠蔽、医師の突然死――。彼女は事件の真相を追う。珠玉のミステリー。

650円

遠い夏、ぼくらは見ていた

平山瑞穂

十五年前の夏のキャンプに参加した二十七歳の五人が集められた。当時ある行為をした者に三十一億円が贈られるという。莫大な金への欲に翻弄されながら各々が遠い夏の日を手繰り寄せる……。

770円

ジューン・ブラッド
福澤徹三

組長暗殺に失敗した梶沼武。デリヘル嬢の里奈を人質に逃亡するが、そこに、逃走用の車を強奪するために押し入った家の高校生・健吾も加わって……。血飛沫を浴びながら逃げ続ける三人に、最凶の殺し屋・八神が迫る‼

730円

猟犬の歌
三宅 彰

連続猟奇斬殺事件が発生している都下で、職務質問中の警官が射殺された。捜査が進むにつれ、驚愕の背景が明らかに――。深い闇を抱えた孤独な殺人鬼を、一匹狼の刑事が追う長編警察小説。

書き下ろし

690円

ちょいワル社史編纂室
安藤祐介

リストラ予備軍の巣窟、社史編纂室行きとなった玉木敏晴は、退屈な日常を変えようと編纂室のメンバーとマジック団を結成する。窓際に追われた社員が意外な反乱を起こす笑いと涙の痛快小説！

770円

櫻の樹の下には瓦礫が埋まっている。
村上 龍

今の若者たちを、私は小説の主人公にしようとは思えない。閉塞感の中で死なない程度に何となく生きているようにしか見えないのだ。苦く強烈な金言集。

540円

剣客春秋親子草 母子剣法《おやこけんぽう》
鳥羽 亮

時代小説文庫

580円

秘剣・雷落しに挑む彦四郎。はたして勝機はあるのか？

出羽国島中藩の藩士を門弟として迎えた千坂道場に道場破りが現れた。折しも門弟が暴漢に襲われる事件が発生。心中穏やかでない彦四郎のもとへ最悪の報せが届く。手に汗握るシリーズ第二弾！

書き下ろし

幻冬舎 〒151-0051 東京都渋谷区千駄ヶ谷4-9-7 Tel. 03-5411-6222 Fax. 03-5411-6233
幻冬舎ホームページアドレス http://www.gentosha.co.jp/

現代が寂しさに充ちているのは、否応なく「個人」が露わになったからだ。権威のある集団に属していれば一生安泰で大切にされるという時代状況ではなくなった。今の日本社会における「個人」は、自立する人が増えたことによって概念として確立されたわけではなく、企業や地域社会による「庇護」がなくなったために無理やり弾き出されるようにして「露出」したものだ。

強い資格もなく、これといった専門的知識も技術もない30代のフリーターを想像してみるとわかりやすい。彼または彼女が、街に出たときに「大切に扱われている」という実感を持つのはかなりむずかしい。だから多くの人が寂しさを抱えることになる。生き方を自分で選ぶ時代には必ずその種の寂しさが露わになる。その寂しさは自由の代償でもあるのだが、寂しさに向かい合うのは、簡単ではない。

飢餓と食の汚染

Sent: Friday, September 09, 2011 2:37 PM

以前、死刑になる前に食べたい寿司ネタは？　という質問に「レバ刺し」と答えたというエピソードを書いた。7月に「厚労省が飲食店に生レバー提供の自粛を求めた」というニュースがあったが、今はどうなっているのだろうか。わたしのレバ刺し好きを知る何人かの友人から、おせっかいにも「龍さん、レバ刺しピンチですね」などというメールが来た。なぜレバ刺しが自粛に追い込まれたかというと、確か富山県の焼き肉チェーン店のユッケでO111やO157など腸管出血性大腸菌による食中毒が起こり、肉の生食に対する懸念が広がったからだ。そして追い打ちをかけるように、福島県産の牛肉から基準値を超えるセシウムが検出された。放射性物質を含んだ稲ワラを食べた牛だった。

ちなみにチェルノブイリなどでも事故後に甲状腺ガンにかかった若年層は、汚染区域の畜産牛乳を飲み続けていたというレポートもある。どうして豚や鶏ではなく、牛かというと、牛はとにかく大量の草・飼料を食べるからという理由らしい。福島産牛肉に含まれていたセシウムは、もっとも多いもので1キログラムあたり4000ベクレルくらいだった。肉を毎日1キロも食べるかどうかは別にして、そのレベルの内部被曝が本当に危険なのかどうか、専門家によって意見が違う。わたしは素人なので、どちらの意見が正しいのかわからない。

はっきりしているのは、腸管出血性大腸菌とセシウムによって、焼き肉屋が打撃を受けたということだ。わたしがよく行くホルモン・焼き肉屋では、7月以来牛肉を食べる客が激減しているらしい。「夏を乗り切れるかどうか不安です」と店主は言っていた。ユッケを出しているのを見た別の客が、お前のところは平気でユッケを出しているのかと怒り出したこともあったらしい。富山県の焼き肉チェーンでユッケを食べて亡くなったり入院したりした人がいたので当然なのかも知れないが、同じ時期にいったい何万人の人がユッケを食べたのだろうと考えると、違和感を覚える。

比較することではないかも知れないが、以前、抗インフルエンザウイルス薬のオセルタミビル(商品名タミフル)の副作用問題で似たような思いを持った。タミフル服用後に異常行動が見られ転落死する若年者が出て、厚労省は10歳以上の未成年患者の使用制限を決めた。タミフルは01年の国内発売以来、07年までに約3500万人が服用し、そのうち転落死などの異常行動で死亡したのは5人だと言われている。タミフルでインフルエンザの高熱から脱した人は何千万もいたわけだが、そのことは話題にならなかった。

心なしか、今ユッケやレバ刺しは以前よりおいしくなった気がする。わたしはなじみの店では必ず今でもユッケやレバ刺しを注文する。レバ刺しは、提供しないように厚労省が指導しているようなので、店側としては細心の注意を払って良い部位を仕入れ、入念に調理しているのだと思う。レバ刺しは、店側も「龍さん、例のものありますよ」と、まるで禁酒法時代のシカゴの闇酒場のような感じで、他の客に見つからないようにこっそりと運ばれてくる。ただ、わたしも歳を取って免疫も衰えているはずなので、レバ刺しやユッケを食べるときはどきどきするし、炭火で軽く炙《あぶ》ることもある。だが、わたしのような客はやはり少数で、おもに牛肉を提供する焼き肉屋はいま次々に潰れているらしい。

＊

執筆中の小説の資料で、満州国の歴史や太平洋戦争の記録を読んでいる。『餓死《うえじに》した英霊たち』（藤原彰著／青木書店）という本は読み応えがあった。太平洋戦争の軍人の戦没者は約２３０万人と言われているが、その大半は戦闘による戦死ではなく、餓死と、栄養失調と感染症による病死だそうだ。ＮＨＫがよく深夜に放送している『証言記録　兵士たちの戦争』というドキュメンタリーをよく見るが、ガダルカナル島、ブーゲンビル島、ニューギニア、インパール作戦などにおける兵士たちの飢餓はすさまじいものがあった。ある元兵士は

「毎日飯ごうで一人十粒の米を炊いて食べました」などと語っていた。1日10粒の米でどうやって生き延びるのだろう。太平洋の島々、それにビルマやフィリピンでの戦争の記録は、今読むと、にわかには信じがたくてめまいがする。今の若い人たちは想像もできないだろう。わたしは1952年生まれなので、さすがに飢えの記憶はないが、食料の欠乏は経験している。

今、たまに自宅近くの成城石井というスーパーに食料品やウイスキーの買い出しに行くのだが、どういうわけか空腹で買い出しに行って肉売り場で霜降りの牛肉を見ると、つい買ってしまい、当然その夜はすき焼きになって、「また衝動的に買ってきたのか」と家族から批判される。

子どものころ、すき焼きは特別なメニューだった。おそらく1ヶ月に一度、いや2ヶ月に一度くらいしか食べられなかった。しかも腹一杯肉を食べた記憶はない。前夜のすき焼きの残りを、翌日の朝に温め直して食べるのだが、小さな肉の切れ端が残っていたりすると「奇跡だ」と驚喜したものだ。そのころの記憶が無意識下に眠っているのかも知れない。それで空腹時に霜降りの牛肉を見ると衝動的に買ってしまうのだ。今のわたしの経済力なら、どんなに高い霜降りの牛肉でも好きなだけ買うことができる。霜降りの牛肉を食べたいというだけではなくて、霜降りの牛肉を好きなだけ買えるという状況を確認したいのかも知れない。わたしが子どものころもO157などの被害があったのだろうか。記憶にはないがおそらくあったのだろう。1950年代は公衆衛生も未整備だったので、集団食中毒もひんぱんに起こっていた。

＊

こうやって書いてくると、わたしが生肉やすき焼きばかり食べているような印象を与えるかも知れないが、違う。肉を食べる頻度は少なくなっている。だが、性格が本質的に反抗的なので、ユッケやレバ刺しのリスクが話題になると、なぜかあえて食べたくなってしまう。なじみのホルモン・焼き肉屋に行くと、レバ刺しやセンマイやガツやコブクロ、それに唐辛子味噌につけた生のカニであるケジャンなど最初は生ものをおもに食べ、それからホルモンやカルビやハラミを食べ、そのあとでホルモン鍋の韓国版コプチャンチャングルなどを食べ、スープにまずうどんを入れ、さらにそのあとご飯を入れておじやを作って、えんえんと3時間くらい食べ続ける。その間、ビールや日本酒やマッコリを飲み続ける。もうすぐ60なのに、そんな食事をするとたいてい翌日腹を下し、トイレで「ついにO157に負けたか」と不安になるのだが、潜伏期間を考え、腸管出血性大腸菌とは関係ないことに気づいて安堵する。その繰り返しだ。

若者は常に時代の犠牲者

Sent: Thursday, October 06, 2011 5:15 PM

30代がターゲットの某男性誌で人生相談をはじめた。女性誌でやったことはあるが、男性誌での人生相談ははじめてかも知れない。たまに女性からの相談もある。だが当然、30代を中心とした男からの相談がメインなのだが、「お金がないけどどうしたらいいでしょう」という質問が大半を占めていて、いかに若年労働者が低賃金で働いているかを再認識させられた。そもそも、「給料が低くこれでは結婚もできないのですがどうすればいいのでしょうか」というのは、人生相談なのだろうか。

若年労働者の低賃金は多くの先進国に共通した問題で、日本だけの現象ではない。厚労省のデータによると、若年労働者の30％が非正規社員らしい。ちなみにデータでは15歳から34歳までを若年としている。そのうちの半数は月額賃金が20万以下となっていて、30万円以上は10％に充たない。以前、どこかのNPOか、あるいは行政の職員かは忘れたが、最低賃金で1ヶ月暮らしてみるというドキュメンタリーを見た。ワーキングプアに関する番組だった。最低賃金は地域によって差があるが、時間給で決められている。たとえば大阪府の場合、786円だ。日給や月給や年収では決められていないので、月額に直すときにはかなり面倒な計算が必要になる。だが、大まかに言って、15万以下というのが実情だろう。だから前述のドキュメンタリーでも、13万から14万円程度を想定していた。

最低賃金で生活するのは無理というのが実験結果だった。食べて寝るだけだったらぎりぎり何とかなるのだが、病気をしたらもうアウトで、医療費を払う余裕はない。最低賃金というのがどうやって算定されているのかはよくわからない。だいぶ前に読んだ貧困に関する本（『現代の貧困』岩田正美著／

ちくま新書）に、貧困の定義は簡単ではないというようなことが書いてあった。

貧困の定義は、人間としての最低限の生活とはどういうものかに関わってくる。生きていけるだけのカロリーを摂取する食費と、凍死を防ぐだけの衣服と住居、単純に考えればそんなことになるのかも知れない。だが、人間は動物とは違う。生存の条件とは食べて寝て寒さを防ぐだけではないという考え方もある。動物と違う人間の最大の特徴は、労働とコミュニケーションだという意見もある。つまり労働、そしてコミュニケーションによって社会と関わるのが人間の特質であるということだ。

具体的には、食料と住まいと衣服に加えて、たとえば電車賃とか移動の費用はどうなのか、また他人と会うときの最低限の礼儀となる衣服はどうなのか、他人と連絡を取るための電話代もしくは携帯電話代はどうなのだろうか、というようなことが問題となる。食べて寝るだけで精一杯で、電車賃やバス代がなく自由に移動もできない人は人間としての生存条件を充たしているのか、携帯電話を持っていない人はどうか。貧困の定義はいくつかあって、確定していないようだ。

＊

今年の春、就職できない学卒者が話題になったが、「3・11」の大震災ですっかり忘れられてしまった。大災害と原発事故があまりにシリアスだったので当然といえば当然なのだが、就職できない学卒者の状況は震災前とまったく変わっていない。それどころか、震災後の不況で就職難はさらにひどくなっているらしい。新卒学生の就職状況は、昨年以上に厳しい。リクルートの発表によると、2012年3月卒の大学生では、7月時点の内定率は54・4％に過ぎない。

勘違いしないで欲しいが、わたしはそういった状況を憂えて、政府・行政を批判したいわけではない。若年層の就職難と低賃金という問題はほとんどの先進国で起こっている。その要因も単純ではない。先進国では経済・産業が洗練化・高度化していて、製造業がグローバル展開しているので、日本の単純労働者、つまり非熟練労働者も、中国やインド、それにミャンマーやバングラデシュといった途上国の労働者と競合関係にある。今の日本で高給を得ることができるのは、ごく一部の、付加価値の高い仕事ができるさまざまな分野のスペシャリストだけだ。

わたしが違和感を持つのは、そういった状況そのものではなく、メディアを含めて世論の関心が低いことだ。若者たちの多くは、付加価値の高い技術や知識やスキルがなければ高給を得るのはむずかしいし、大企業への正社員としての就職はものすごくむずかしいということを、学校で正式に教えてもらっていない。必死で勉強して大学に行けば就職できるという幻想にすがって、大学に入ってすぐに就活をはじめるが、大半はうまくいかない。そして、彼らは、本当はだまされてきたはずなのに、怒ろうとせず、自分を責めてうつ病になったり自殺したりする。そういったねじれた状況に対して、メディアはほとんど反応しない。おそらく「がんばればどこかに就職できた高度成長時代」の文脈がいまだに支配的だからだ。

＊

いつの時代でも、どういうわけか若者は結果的に時代の犠牲になる。若者は人生経験も少なく、立場が弱いからだ。戦争になったら真っ先に戦場に送られるし、不況になったら真っ先に解雇される。そして、どうすればより多くの若者が社会と合理的に、またフェアに関わることができるか、ほとんど考慮されていない。教育に「職業訓練」の要素が皆無なのはその証だ。教育が「工場労働者と兵士と官僚」を養成していたころと基本的に変わっていないからだ。だが若者たちは、自分たちの力で風景や社会やシステムを変化させたことがないし、そういった事件や運動にも遭遇していないので、反抗という概念がなく、意外に怒りを向けず、ひたすらうっ屈しているように見える。若者の多くは政治に関心がなく、選挙にも行かないので、政治家に甘く見られ、バカにされている。

給料が安くこれでは結婚もできませんがどうすればいいでしょうか、という質問に、わたしは「より多く金を得ようと思ったらよりハードに働くしかない」と答えた。当たり前すぎて、アホらしくなるような回答だが、実際それ以外に方法はない。相談者は1日8時間会社で働いているわけだが、早朝に新聞配達をして、夜は飲み屋でバーテンをして、夜中に風俗嬢の送り迎えをやれば、そのうち過労で倒れるかも知れないが、確実にインカムは増える。だが、そういう考え方・働き方も今ではすっかり色あせて見えるようになってしまった。がんばるということが、かっこいいものではなくなっている。

インターネットによる資産運用で大金を稼ぐ若者が称賛されるように、二宮尊徳（誰も知らないかも）に代表される勤勉な働き方はまったく人気がない。「別にお金はそれほど欲しくなくてそれより自分らしい生き方をしたい」というような若者が増えている気がする。だが、人間として生存するための必要最小限なお金さえ足りないときに、果たして、「自分らしい生き方」が可能なのか、わたしにはわからない。

『半島を出よ』と韓国映画

Sent: Monday, November 07, 2011 10:08 PM

韓流《ハン》ドラマはよく見るほうだ。わたしの周囲は、年齢を問わず、韓流ドラマに「はまっている」層と「ほとんど関心がない」層にはっきり分かれている感がある。だがやはりおもなファンは中高年女性だろう。ただ、何らかの明確な理由があって中高年女性だけが韓流が好きなのではなく、ブームの火付け役がおばさん好みの『冬のソナタ』だったことが大きいのではないかと、個人的にはそう思っている。

わたしは、韓流のテレビドラマではなく、はじめのうちは映画のほうに惹かれた。最初の映画は、やはり『シュリ』（監督／カン・ジェギュ）だった。韓国映画に興味があったというわけではなく、当時準備中だった『半島を出よ』という書き下ろし小説の資料として見た。『半島を出よ』は北朝鮮反乱コマンドの福岡占拠という話だったので、北朝鮮に関するあらゆる情報が必要だったのだ。『シュリ』を見たときには、すでに北朝鮮に関する資料をかなり読んでいたし、ソウルで脱北者にも取材していたので、相応の情報は持っていた。だから映画としての『シュリ』は第一級の娯楽作品だと感心したが、冒頭の北朝鮮コマンド訓練キャンプの描き方などには違和感があった。脱北者に聞いた特殊戦部隊の訓練とはだいぶ違っていたからだ。

郷里のテーマパーク「ハウステンボス」でキューバイベントのプロデュースをしているとき、監督のカン・ジェギュが家族といっしょに遊びに来ていて、知人に紹介され、お茶を飲んだ。カン・ジェギュは『ブラザーフッド』を完成させた直後で、映画監督としての自信に充ち、穏やかな知性を感じさせるナイスガイだった。

どうやって北朝鮮コマンド訓練キャンプの情報を得たのかと聞くと、そんなものわからない、と笑いながら答えた。北朝鮮が取材させてくれるわけがないし、だから想像で撮った、と監督は言って、そうなのか、カン・ジェギュが想像で撮ったのならおれも想像で書けばいいのかも知れないなと妙に納得したのを覚えている。

だが『シュリ』には『半島を出よ』の重要なヒントもあった。脚本にも演出にも、北朝鮮人民への憎悪を感じなかったのだ。北朝鮮政府への痛烈な批判はあるが、北朝鮮のコマンドは人間味豊かに描かれていた。そのことを質問すると、人間として北も同じ民族で兄弟だからだ、と監督は答えた。

＊

『シュリ』のあと、パク・チャヌク監督の『ＪＳＡ』を見た。イ・ビョンホン、ソン・ガンホ、イ・ヨンエという豪華な配役で、38度線板門店の共同警備区域での、北朝鮮と韓国の兵士の危うい友情を描いた傑作だ。パク・チャヌクはそのあと前衛的な作風の復讐劇を撮るようになり、カンヌで審査員特別グランプリを受ける。『JSA』のあとは、おもに南北問題と朝鮮の歴史風俗を描いた映画を片っ端から見た。朝鮮戦争について自分は何も知らなかったと思わされたのが、巨匠イム・グォンテク監督の『太白山脈』とカン・ジェギュの『ブラザーフッド』だった。『太白山脈』の原作は、チョウ・ジョンネの同名の大河小説である。集英社から日本語訳が出ている。全10巻という長大な作品で、ちなみにわたしは『半島を出よ』の資料として7巻まで読んで挫折した。

1948年、済州島四・三事件鎮圧のために派遣予定の麗水の第14連隊が反乱を起こし、そのまま慶尚南道の歴史的名山である智異山にたてこもってパルチザンとなった「麗水順天反乱事件」からはじまって、朝鮮戦争までが物語の背景である。パルチザンの隊長、その弟で右翼の自警団、そして中道民族主義の教師の三人を軸に、複雑で壮大な人間模様が描かれる。

『太白山脈』で、わたしは朝鮮戦争という戦争が、韓半島の人々にどのような傷を残したかを知ることになった。朝鮮戦争は金日成の奇襲ではじまり、ソ連製の重火器と戦車に蹂躙《じゅうりん》され、韓国軍はあっという間に釜山付近まで退却する。そのあとアメリカを中心とした国連軍が仁川に上陸し、北朝鮮軍を挟撃して今度は中国国境まで攻め上がり、北朝鮮はほぼ全土が焦土と化す。そして今度は中国が参戦し、人民軍がまたしても38度線を越えて南下し、また国連・韓国軍が反撃して、その後38度線付近での塹壕戦がはじまり、膠着状態となって、休戦協定が結ばれるまでになお1年数ヶ月を要し、その間も犠牲者は増え続けた。

最大の悲劇は、前線が南北に何度も移動したことだ。たとえばソウルは、二度北朝鮮に奪われ、二度奪還された。『太白山脈』の舞台である麗水も、最初にパルチザンが占拠し、そのあと韓国軍が奪還し、次に北朝鮮が侵攻してきて、再度韓国軍が掌握するのだが、その都度、住民は「スパイ」の容疑をかけられ、殺される。つまり、パルチザンに脅されて牛を提供した農民が韓国軍と自警団に殺され、やがて北朝鮮が侵攻してくると、韓国軍のスパイとしてまた同じ村の農民が多数殺される。前線が南北に移動するたびに、同じことが各地で起こる。

パルチザンに親兄弟を殺された若者たちが右翼の自警団を組織し、共産主義者や自由主義者を襲う。襲われた人々は智異山のパルチザンに合流し、北朝鮮が侵攻してくると今度は右翼の自警団を粛清する。北朝鮮は南で「人民義勇軍」を組織する。現地の若者が徴集されるのだが、拒めば当然殺される。北朝鮮の敗走がはじまると、彼らは裏切り者扱いを恐れて、38度線を越えて北朝鮮に逃げ込むのだが、これが戦後に大量の離散家族を生むことになる。『太白山脈』は、二転三転する支配者に翻弄され、スパイ容疑で殺される一般住民を克明に描いている。

＊

困った。昨今の韓流ドラマのドロドロの復讐劇の面白さについて書こうと思ったのに、つい朝鮮戦争のことに触れて、予想外に多くのことを書いてしまった。なぜこんなことになったのか。わたしは読者が朝鮮戦争についてあまり詳しくは知らないだろうと思った。『半島を出よ』を書く前のわたしがそうだったからだ。しかも、わたしは知ってるつもりになっていた。「朝鮮戦争」という戦争はとても有名で、知らない人はあまりいない。北朝鮮&中国人民軍と韓国&国連軍との間で戦われて、実は今も休戦・停戦中で、公式には戦争は終結していない、くらいのことは誰でも知っている。

だが、前線が南北に何度も移動し、支配が入れ替わったことで、多くの人々がそれぞれどちらかの「スパイ・内通者容疑」をかけられ、同じ民族間で激しい憎しみと不信感が深く根づいてしまい、大量の離散家族が生まれたということは案外知られていない。わたしの知り合いのメディア関係者に聞いても、ほとんどがそのことを知らなかったし、どうやら知ろうともしていない。韓国の映画人・テレビスタッフは、朝鮮戦争や光州事件などを違う角度から描いて、繰り返し何度も作品の題材・舞台にする。「決して風化させない」という意思がないと、できないことである。

若者の病理と文学

Sent: Monday, December 05, 2011 11:06 PM

若者について考えたり書いたりするのが億劫になってきた。わたしは若者の代弁者でもないし、だいいち来年は還暦だ。この雑誌はおもに若者が読んでいるようなのでエクスキューズはしたくないが、こういった感覚は昔から常にあった。96年に『ラブ&ポップ』という小説を書いたときに、はじめて意識した。『ラブ&ポップ』は援助交際が主要なモチーフとなっている。渋谷のセンター街に行き、援助交際に詳しい人の協力を得て、「あ、あれはやってますね」などとアドバイスを受けて、「取材させてもらえないですか」と女子高生に声をかけた。当時わたしはすでに40代半ばで、まさに援助交際の片方の主役である「オヤジたち」の歳になっていた。そのころの援助交際の隆盛はすさまじくて、取材をＯＫしてくれた女子高生たちを連れて、インタビューするために定宿のホテルに入ろうとすると、ガードマンに拒否されたりした。制服を着た女子高生は、都内のシティホテルへの立ち入りを禁じられていたのだ。

わたしはそのホテルの得意客だったので、ガードマンに事情を話し、特別に部屋に入れることができたが、いったいおれは何をやってるんだろうと何度も思った。行ったことがなかったので取材をしなければと渋谷のテレクラに入ろうとすると、「あ、村上龍だ」という声がどこからか聞こえてきて、何事もなかったようにテレクラの入り口を通りすぎたこともあった。

今は幻冬舎の専務になっている編集者といっしょに、渋谷円山町のラブホテルを取材したときは、「うちはホモはダメなんだよ」と露骨に断られた。名刺を示し、料金を倍額払って何とか入れてもらったが、そのときも「いったいおれは何をしてるんだろう」という気持ちが消えなかった。極めつきは、何度か取材に応じてくれたYちゃんとUちゃんという二人の女子高生に、それぞれ3万円ずつ渡し、「これで買い物をしてみてもらえるかな」と依頼したときだった。渋谷の「109」で、二人が好きなものを買うのを、メモを取りながら横で眺めているのだが、「本物のオヤジたち」がわたしの脇に数人並んで立っていたりした。

＊

「どうしてこのおれが女子高生の話を書かなくてはいけないのだろう」という気持ちをずっと抱いたまま、わたしは『ラブ＆ポップ』を書き続けた。『限りなく透明に近いブルー』というデビュー作を書いたのは23歳だ。「米軍基地の街でドラッグや乱交パーティに明け暮れる無軌道な青春群像を描いた作品」というような感じで紹介される作品だが、要するに当時の若者の風俗を「利用」したものだった。

ドラッグカルチャーにしても、ロックやフリーセックスにしても、大人というか年寄りはあまり知らないだろう、だからそんな世界を実際に見聞きしたことのある自分にはアドバンテージがある、と思っていた。小説は情報だから、珍しいもの、自分しか知らないことはそれだけで価値があると思っていたのだった。だから、23歳で『限りなく透明に近いブルー』を書くのは自然なことだったが、どうして40代半ばで女子高生の援助交際をモチーフにした作品を書かなければいけないのだろうという違和感が消えなかったのだ。

答はわかっていた。他に誰も書く作家がいないからで、また援助交際が何を象徴しているのか、社会全体もメディアも勘違いしていると思ったからだった。当時、援助交際については「とんでもないことだ」という完全否定派と、「彼女たちは新しい可能性を模索している」というような擁護派に分かれていた。わたしはアメリカ東海岸とキューバで『KYOKO』という映画を撮ったばかりで、帰国してみると、女子高生たちがオヤジたちから金をもらってカラオケに付き合ったり本番をしたりしていて、びっくりしたのだった。

わたしは援助交際そのものにはあまり興味がなかったが、何かを象徴しているのは間違いないと思った。「自分の資源（若さ）を売ってブランド品を買う」という行為は、まさしく日本人全員がバブルで経験したことで、女子高生たちは大人がやっていることをコピーしているだけだとわたしはそう思った。そして、学校でも家でも経験できない「出会い」を、街頭で探しているのだろうと想像して書きはじめた。

＊

今は、どうだろうか。わたしはもう若者の風俗を小説のモチーフにしたりしない。そもそもいったい何をモチーフにすればいいのだろうか。就職できなくて留年する学生だろうか、それとも名ばかり管理職でサービス残業を強いられうつ病になった青年だろうか、あるいは拒食症と過食症を繰り返す自傷癖のある少女や、突然ナイフを持って盛り場で通り魔になる少年だろうか。

そんな若者を主人公にして小説を書こうとは思わない。小説というのは、基本的にマイノリティを代弁するものだ。社会に受け入れられない人々の声にならない声を翻訳して、人間の精神の自由と社会の公正さを訴える、それが文学である。だから文学は回答を示すものではない。本質的な疑問を提出する。ただ、就職留年やサービス残業とうつ病、自傷癖、通り魔などは、人間の精神の闇を象徴しているわけではない。

若者のほとんどの病理は、「生きにくい」「生きていくのがむずかしい」「就職できない」「就職できても給料が上がらない」「結婚できない」「性欲が溜まっている」「友だちがいない」「誰も自分のことをわかってくれない」「他人とコミュニケートするのが苦手である」というような単純で幼稚な要因によるものだ。そういったわかりやすい病理を担当するのは、文学ではなく、医療や福祉、つまり行政の仕事だ。

結局、70年代のどこかで高度成長が終わり、80年代のどこかで日本社会の成熟はほぼ達成されて、そのあと文化的に大きな変化は何も起こっていない。若い編集者が「龍さん、こんな音楽がありますが知ってますか」「いま巷《ちまた》ではこんな映画が生まれているんですが見ましたか」「どこそこにすごいレストランがオープンしたんですが行きましたか」などと情報をくれることは、絶対にない。

逆に、わたしが昔のアメリカン・ニューシネマや、アキ・カウリスマキの映画や、大昔のポップスや、ジャン・ジュネの小説などを紹介してやると、若者たちはびっくりする。勘違いしないで欲しいが、自慢したいわけではない。若者しか知らない情報もないし、まったく新しい文化も生まれていないのだからしょうがない。今どきの若者は、と嘆いているわけではない。わたしは、哀れんでいるのだ。

有名と無名のメリット

Sent: Thursday, January 05, 2012 7:44 PM

テレビはあまり見ない。だが風呂では必ずテレビを点ける。風呂でテレビを見るのが好きというわけではなくて、わたしにとって退屈な場所だからだ。退屈でも、湯に浸かるのは気持ちがいいので、ジャグジーを足裏や腰に当てて入るのだが、テレビを設置してあるので、つい見てしまう。2012年の正月、民放は視聴者をバカにしたようなバラエティしかやっていなかったので、チャンネルを回していると、座談会のような番組があった。確かNHKのEテレだったと思う。若者の代表みたいな人たちが、日本の政治や経済について語っていた。びっくりしたのは、30代の人が交じっていたことと、ほぼ全員がほとんど無名だったことだ。

いったいこの人たちのどこが「若者」なのだろうと、唖然として3分間ほど見て、チャンネルを替えた。IT企業の経営者や評論家みたいな肩書きがあったが、まったく知らない人たちだった。そう言えば、20代前半の有名文化人が登場しなくなった。綿矢りさと金原ひとみは芥川賞受賞後も誠実な仕事をしているが、あくまでも作家で、文化人という印象は薄い。男の20代の有名文化人というのはいるのだろうか。

わたしは別に男の20代の有名文化人がいないことを嘆いているわけではない。そう言えばいないなと、単にそう思っているだけだ。その代わりというのも変だが、50代、60代、70代の有名文化人は掃いて捨てるほどいる。別に、有名文化人にならなければいけないとか、有名文化人という人種が好きだというわけではない。文化人と呼ばれるような職種に就く場合、無名でいるメリットはあまりない。ただ、文化人という職種も呼称も嫌いだが、日本社会にはいまだに文化人という職種も呼称もしっかりと残っている。

わたしは作家あるいは小説家と呼ばれることが多いが、文化人というカテゴリーに含まれることもある。文化人と呼ばれるのは好きではないが、そう呼びたい人がいるのだったらしょうがない。わたしは何と呼ばれようとあまり気にしない。問題は呼称ではなく、積み重ねている仕事の質だからだ。

＊

考えてみると、文化人という呼称は奇妙だ。文化の人、という意味なのだろうか。辞書（大辞泉電子版）を見ると、「文化的教養を身につけている人。特に、学問や芸術に関係する職業の人」とあった。戦後すぐのころ、「文化」という言葉が流行ったことがあったらしい。文化住宅や文化鍋や文化包丁というような言葉が生まれた。今考えると奇妙な言葉だが、文化住宅というのは、おもに近畿地方で使われて、「瓦葺き、木造モルタル2階建て」で、以前の長屋的な集合住宅と違って、トイレや台所が戸別に付いていたので「文化的」ということになったらしい。

おそらく高度成長のころ、近代的・欧米的なものに「追いつき追い越せ」という時代、「文化」という枕詞を付けるのが流行っていたのだ。文化人というのもそういった流れの中で定着した言葉なのかも知れない。

文化人は、何かを発信する人だ。発信したり、論文やエッセイや小説を書いたり、作曲したり演奏したり、また演じたり演出して、広義の情報を発信する。ペンネームであっても、基本的に名前を明かして発信するわけだから、作品とともにその名前が社会的に知られることになる。つまり有名になるわけだ。

文化人にとって「無名」であることに何のメリットもないというのはそういった意味だが、有名であることがそのまま社会的影響力の大きさに繋がるわけではないので、有名であればそれだけで価値があるというわけでもない。ただし、しつこいが「無名」であることに何のメリットもないという事実は変わらない。

若い20代の有名文化人が非常に少ないということは、若年層に社会的影響力がなくなっている証拠かも知れない。勘違いしないで欲しいが、わたしは、社会的影響力がなくなってしまったと、若年層のことを心配しているわけではない。若いころ、わたしはおじさんたちに心配などしてもらいたくなかった。放っておいてくれと思っていた。だから、おじさんになった今、若年層のことを心配したりしない。

ただ、若年層から社会的影響力が失われると、面倒な事態が起こる。じいさんたちが居座って退こうとしなくなるのだ。政治でもビジネスでも、あるいは学問の世界でも、じいさんたちが居座ることは罪悪だ。じいさんと呼ぶと蔑視しているような誤ったニュアンスがあるので、高齢者と呼ぼう。高齢者は、若年層に比べて体力面で劣る。歳を取れば取るほど元気になっていく生物は地球上には存在しない。

わたしは50代半ばになったとき、体力の衰えを痛感した。無理は利かないし、徹夜なんか論外だ。明け方まで酒を飲むこともまったくなくなったし、そもそも昔みたいに酒を飲まなくなった。スポーツは続けているが、おもに水泳で、コンクリートの路面を走ったりはしない。40歳を過ぎて硬い地面の上を走ると、筋肉が強化されるメリットより膝などの関節を痛めるデメリットのほうが大きいらしい。

*

とにかく50代半ばを過ぎると、どんな人だって体力は劣化する。体力だけではなく、集中力や記憶力、忍耐力なども落ちる。そして、現代は変化が激しいので、政治もビジネスも学問も、適応するためには、大量の情報をインプットして、ひんぱんに長い距離を移動し、大勢の人に会ってコミュニケーションを図る必要がある。ものすごく体力と精神力を使う。だから、オバマやキャンベル、プーチンなど、世界中の政治的リーダーの年齢がしだいに若くなっている。

そんなときに、高齢者が居座る組織は確実に衰退する。だが、日本の若年層は沈黙している。あえて沈黙しているわけではなく、たぶん何を発信すればいいのかわからないのだと思う。20代で、すでに疲れ果てているのだ。そして、このエッセイで毎回書いていることだが、20代にしか得られない価値のある情報というものがない。

ＡＫＢ48という女の子のユニットがあって、若年層のおもに男に人気がある。握手する参加券を手に入れるために、乏しい財布から関連商品を買いまくる男も大勢いる。当然のことながら、ＡＫＢ48というのはおじさんがプロデュースしているユニットだ。関連商品の利益は全部おじさんたちが手に入れる。若年層は明らかに搾取されているわけだが、怒り出す気配もない。

わたしは24歳で芥川賞を取って有名人になった。有名になったことで、いやなこともいっぱいあったが、それ以上にいいことのほうが多かった。わたしは今年還暦だが、24歳で有名になって良かった、60歳で有名になってもあまり意味がなかったと実感している。60歳は体力が劣化しているので、有名になってもたらされる利益を充分に消費できないのだ。

プロテニスと国際化

Sent: Friday, February 10, 2012 1:57 PM

この連載エッセイは若者向けの雑誌に掲載されるので、当然若者についての話題が多くなる。だが、何度も繰り返しエクスキューズしているとおり、わたしは今の若者にはほとんど興味がない。だったらなぜ連載などしているのかと言われそうだが、ほとんどの仕事というのはそういうものであり、興味がなくても若者について書いているうちに、小説の素材となるような何かを見つけたり出会ったりする。

この原稿が活字になるころ、わたしはすでに60歳になっている。還暦というわけだ。感慨はないが、60歳というと、わたしが子どものころは立派なじいさんだったので、歳を取ったなという思いはある。これも繰り返し書いていることだが、まだまだ若いなどとはまったく思わない。

＊

久しぶりにテニスのグランドスラム大会をテレビで観戦した。ジョコビッチが優勝した全豪オープンだ。錦織圭《にしこりけい》という日本人選手がマレーというランキング4位と闘った男子単準々決勝、フェデラーとナダルの準決勝、ナダルとジョコビッチの決勝、それに女子の決勝などを見た。錦織という選手は、間違いなくこれまでの日本人男子選手の中ではもっとも強く有望である。

そう言えば、テニスはもっとも早く「国際化」したスポーツかも知れない。福井烈《ふくいつよし》というテニス選手がいた。小柄だが、足が速く、コート上を走り回るストローカーで、全日本選手権のシングルス7回優勝という輝かしい経歴を持つ。だが海外ではまったく活躍できなかった。逆に、今は独特のキャラでスポーツキャスターとして有名な松岡修造は、95年のウィンブルドン準々決勝で当時事実上の世界チャンピオンだったピート・サンプラスと対戦し、惜敗した。日本のテニスファンには、福井烈の全日本シングルス優勝7回よりも、松岡修造のウィンブルドンでのサンプラスとの闘いのほうが鮮烈な印象を残している。プロテニスは、80年代初頭からグランドスラム大会がテレビで放映され、ビヨン・ボルグとジョン・マッケンローというスターが登場したこともあって、他のプロスポーツに比べても、国際性ということに観戦者が目覚めるのが早かったのだろう。

*

それにしてもテニスは大きく変化している。こういった比較は本当は意味がないが、今のトップスリー、つまりスイスのフェデラー、スペインのナダル、セルビア出身のジョコビッチらは、歴史上もっとも強いプレーヤーだと思う。

80年代のボルグ、マッケンロー、ジミー・コナーズなどのゲームをDVDで確認するとわかるのだが、今のほうがストローク力が格段に進化している。もっとも大きな原因は、ラケットの進歩だ。80年代初頭は、まだ木とスチール製の、面が小さなラケットしかなく、スイートスポットと呼ばれるラケット面の中心部分が非常に小さかった。

だから打点を確実なものにするために、スイングフォームはコンパクトなものにならざるを得なかった。NASAの技術が広く民間企業にフィードバックされるようになって以来、グラファイトという素材がラケットに使われるようになり、いわゆるデカラケが登場する。従来の木やスチール製に比べて、飛躍的にスイートスポットが大きくなり、腰を落として狙いを定め体重移動とともにスイングしてボールを運ぶ、というような打法は過去のものになってしまった。

現代の選手では、フェデラーが往年の名選手を思わせる美しいフォームでスイングするが、ナダルに代表されるストローカーは、筋力を徹底的に鍛え上げ、ボールを押しつぶすような強烈なスイングをする。ストロークそのものが大きく変化した。たとえば自分の頭くらいの高さのボールを「叩く」ようなスイングは、スイートスポットが小さい木やスチール製のラケットではむずかしかった。だが、現代の選手は、高いボールを叩いてウイナーを取りに行く。

またスイートスポットが大きいということは、スピン、つまり回転をボールに与えることが容易になり、トップスピン、バックスピンの他に左右のサイドスピンを加えることも容易になった。そうやってストロークが進歩するにしたがって、ネットプレーが格段に減少した。サーブ&ボレーに適している芝のコート、その代表はウィンブルドンだが、サーブ&ボレーを中心にゲームを組み立てる上位の選手はもはや誰もいない。昔、たとえばジョン・マッケンローなどはセカンドサーブでもネットに出たが、ロジャー・フェデラーのような卓越したサーブと高いボレー技術を持った選手でさえサーブ&ボレーを封印している。

ストローク力が格段に進歩したせいで、いいサーブやアプローチショットを放ってネットに出ても、簡単に抜かれてしまうのだ。ネットプレーが激減し、ストロークの打ち合いがゲームの主流となり、アンフォースド・エラーも少なくなったので、試合時間が異様に長くなった。全豪男子単決勝の試合時間は5時間を超えた。

＊

大きなスイートスポットを持つラケットによってパワーテニス全盛となったわけだが、その影響で女子のゲームがひどくつまらなくなった。ウィリアムズ姉妹やシャラポワなどパワーヒッターのゲームは、女子のテニスというより、フットワークが雑で遅い下手くそな男子の試合を見ているようで、まったく面白くない。

ひょっとしたら、わたしが単に昔を懐かしがっているだけかも知れないが、たとえばクリス・エバートのテニスは、男子に比べて非力な女子が、基本に忠実すぎるほど忠実に、ていねいに足を動かし、ていねいにスイングするという、品格のようなものがあった。ナブラチロワやハナ・マンドリコワのフットワークとボレーは、危うさと隣り合わせの美しさがあった。そしてシュテフィ・グラフは、女子テニスの最高のプレーがどんなものかをわたしたちに教えた。つまり女子テニスは、筋力よりも、走力と技術が優先されたために、とても優美だったのだ。

そんな女子テニスは、ヒンギスで終わった気がする。ただ、現代の女子テニス選手には美人が増えた。パワーが必須なので背も高く、若い選手が多い。容姿を見ている分には楽しめるが、彼女たちのテニスは、ごく少数の例外を除いて、非常につまらない。

「3・11」から1年

Sent: Monday, March 12, 2012 10:07 PM

「3・11」から1年が過ぎた。ものすごく長い1年だったような気もするし、あっという間に過ぎたような気もする。先日、定宿のホテルのプールで泳いでいたら、ほぼ同年配だと思われる男性から、村上龍さんですか、と話しかけられた。腰を悪くしてリハビリのためにプールに来ているのだと言う。わたしは、プールではあまり他人と話したくない。だが、腰を悪くしたと言われて、シンパシーが湧いた。もう10年前だが、わたしも腰をやられて、あまりの痛みに心を入れ替え、酒を控え、腹筋を鍛えるようになり、体重を落とし、日常的にプールで歩いたり泳いだりするようになった。

わたしはもともと腰が悪かったが、その男性は、血圧を下げるために体重を絞ろうと思い、ランニングをやり過ぎて、腰を痛めたのだそうだ。血圧はもともと正常値だったが、あるときから眠れない日々が続き、心労が激しくて、点滴に通うようになり、その過程で血圧の異常に気づいたらしい。あるときというのは、「3・11」である。また大地震が来るのではないか、そのとき自分も家族も危険な状況に陥るのではないか、また経営する会社が地震の影響でさらに業績が悪化し潰れるのではないか、そんなことを考えて不安になり、不眠症になったということだった。

きっとそういう人は多いのだろうと思う。わたしも、地震は恐い。不思議なもので、3・11直後は案外落ちついていた。これだけの大地震が来たわけだから、あとは余震だろうと思うことができたからだ。3・11の次の日もホテルにいたが、ぐらぐらという余震の揺れの中で原稿を書いていた。3・11直後は、震度3とか4の余震が数え切れないほど続いた。揺れながら書くのははじめてだなと思いながら、船酔いのような気持ち悪さに耐えて原稿に向かった。

だが、今は震度2くらいの地震でも、びっくりして目覚めたりする。3・11の恐怖がよみがえるのと、かなりの確率で近い将来に起こると言われている首都直下型地震かも知れないと不安になってしまうのだ。だが、考えてみると、近年の大地震は予知されていない。阪神・淡路大震災でも、関西の友人たちは「こんなところで大地震が起こるなんて聞いてへんで」と怒っていた。

わたしはひねくれているので、地震予知に関する研究で、「当分大地震は起きません」という発表をすれば、きっと予算が付かないのだろうなと、そんなことを考える。当分起きないのだから、大した研究費は必要ない。この30年の間に70%の確率で大地震が起こる、というようなことを発表すれば、さらなる研究のために予算が必要となる。勘違いされると困るが、わたしは地震研の予知はでたらめだと言いたいわけではない。この30年の間に70%の確率で大地震が起こると言われても、どういう心持ちでそれを受け止めればいいのかよくわからないのだ。

＊

ビル街にいて大地震が起こったら、割れた窓ガラスの破片が上から降ってくるので、建物から4メートル以上離れ、バッグなどを頭の上にかざす。その際、バッグと頭の間には15センチほどの間隔があるのが望ましい。ガラスではなくコンクリートの塊が落下してきたときに、ショックをやわらげるためだ、みたいなことを聞くと、メモしたりするが、それにしては、3・11では、東京の建物は意外と壊れなかったなと思ったりする。地震の揺れのパルスが長く、それが倒壊が少なかった原因だとも言われているが、とにかく超高層ビルから民家まで、ほとんどが倒れなかった。

3・11の夜、わたしは定宿のホテルにいた。

揺れが収まって、しばらくしてから、ベルボーイから、お荷物を運びましょうか、と連絡があった。まだエレベーターは止まったままだったので、どうやって持ってくるのか聞くと、階段を使って運ぶつもりだと言う。そんな必要はないです、とわたしはていねいにお断りした。バックパックでPCだけは持って部屋に入ったので、最低限の仕事はできる。だから、エレベーターが動いてからでいいと断った。

エレベーターはまず1基だけが動くようになった。わたしはホテルの地下に行き、外に出て、コンビニで水と食料を手に入れようと思った。もう水が残ってなくて、おにぎりやサンドイッチの類も全部品切れ、それにレジにはものすごい長いラインができていた。ホテルの部屋では電気が使えたので、カップ麺を数個買った。水道も止まっていなかったので、水は水道水を使えばいいと思った。

3日分の食料を持ってホテルの部屋に戻ると、ルームサービスがすでに開始されているとの知らせがあった。ルームサービスが機能していれば、温かいスパゲティやピザも食べることができる。コンビニの棚のカップ麺も残りわずかだったので、品切れになるのは時間の問題で、買えなかった人に対して悪いことをしたなと思った。

＊

そのころ、都内では大渋滞が起こっていた。電車はまだまったく動いていなくて、帰宅する人たちが車での移動で道路に殺到したからだ。交通規制も敷かれていて、都内から隣県に向かう道路は1時間で10メートル進むというような状況だったらしい。ホテルの窓から道路を眺めると、歩いて帰宅する人々の長い長い列ができていた。かなり寒い夜だったので、どうしてみんな家に帰ろうとするのだろうと思ってしまった。

電車は動いていないし、道路はどこも大渋滞だ。帰宅しようと思えば歩くしかない。もちろん家族の安否を気遣って、とにかく家に帰ろうとみなそう思ったのだろう。だが、その夜はかなり寒かった。わたしは、夜遅くホテルのバーに行って、ウイスキーをストレートで飲んだ。酔わないと、神経が保《も》たない感じだった。すると、隣のテーブルに百貨店勤務らしい男たちがいて、暖を求めて集まってきた帰宅難民たちを、閉店時間だからと追い返したという話をしていた。

どうして泊めてあげることができなかったのだろうと思った。もちろん人道的な配慮なわけだが、寒さに震えながら歩く人たちに、毛布や飲料や食料を配って、雑魚寝でもいいから泊めてあげたら、きっとその人たちはその百貨店に感謝しただろう。そしてひょっとしたら得意客になったかも知れない。

携帯がしだいに通じるようになって、わたしは知り合いの編集者たちに電話をかけ、もしここまで歩いてこられたら泊まれるぞと言った。だが、みんな歩いて自宅に向かう途中だった。その夜は続く余震のせいもあり、なかなか寝つけなくて、わたしは窓から大渋滞と帰宅難民たちの歩行を眺め続けた。火災が起きなくてよかったなと安堵していたが、そのころはまだ、福島第一原発の水素爆発が起こる前だった。津波の被害の甚大さもまだ伝わってきていなかった。

1年前とはとても思えない。つい昨日のような鮮明な記憶がある。

櫻の樹の下には瓦礫が埋まっている。

Sent: Tuesday, April 10, 2012 5:27 PM

梶井基次郎の短編に『櫻の樹の下には』という散文詩のような作品がある。ただ、梶井基次郎といっても、若者に限らず、知らない人のほうが多いだろう。肺結核で31歳の若さで亡くなっていて、作品も繊細な短編ばかりであり、社会派でもない。だが、わたしが若いころは、傾倒する人も多かった。

わたしは、もちろん梶井基次郎の作品に好感を持っていた。だが、実際に自分が作家になってからは、梶井基次郎の繊細で閉ざされた世界から何とか脱却しなければいけないと思い、細密画のような心象風景を捨てて、「物語」を構築する方法を選んだ。だが、どんな作家にも、梶井基次郎と共通するものがある。たとえばもっとも有名な『檸檬』という短編では、京都の書店・丸善に出向いて、積まれた画集の上にレモンを置き、それを爆弾だと想像し、あらゆるものを爆破するというイメージを持つことで、結核を病んだ自らの不安を象徴的に浮かび上がらせるというモチーフがあるが、それは作家として普遍的な手法だ。

レモンから爆弾を連想するというのは、想像や象徴やメタファーという作家の本質に深く関わっていて、多かれ少なかれそういったイメージを実際に抱き、表現できなかったら作家とは言えない。『櫻の樹の下には』という作品は、そのタイトルの下の句として、「屍体が埋まっている」と続く。つまり、満開の桜は確かに美しいかも知れないが、その美しさは、その下に埋まった死体によって支えられているのではないかという、妄想に近い「負の想像力」が働いている。ものごとがすべてそんなにきれいでまともであるわけがないという「負の想像力」は、作家にとって必須のものだが、暴走すると精神のバランスを維持するのがむずかしくなる。

実は、わたしも満開の桜が苦手だ。詳しい理由は過去のいやな記憶に繋がっているので明かすことができないが、春爛漫のころに、いっせいに花開く桜を見ると必ず不安になる。もちろん桜そのものに何か毒のようなものを感じ、それを避けるとか、そういった単純なことではない。満開の桜を見て不安に思うのは、自身の心象風景を重ね合わせてしまうからだ。

悪夢を見ない人はいないのと同じで、まったく不安がないという人もいない。不安はネガティブでいやな感情だが、危機に対処するためには必要なものだ。痛みという信号が体に疾患や傷があることを伝えるように、不安という信号が危機や危険への対処を考えるようにと促す。「櫻の樹の下には屍体が埋まっている」という一見奇怪なイメージは、確かに神経症的な妄想と隣り合わせではあるが、実は、人が本来的に抱く不安が呼び起こす一般的なものなのである。

＊

東日本大震災のあと「絆」という言葉が氾濫し、今もその傾向は続いている。絆の語源は、犬や馬を繋ぎ止める「手綱」らしい。離れないように繋ぎ止めておくということから、分かちがたい家族や友人の結びつきを意味するようになった。3・11とそのあとの原発事故は、わたしたちに精神的なダメージを与えた。誰もが、被災地以外の人たちも、原罪意識のようなものを抱くようになった。あまりに被害が大きかったので、日本人全体が何か悪いことをしてきて罰を与えられたかのように感じたのだ。

その原罪意識は、人間だったらごく自然に抱くもので、決して間違っていない。多くのボランティアが被災地で活動したが、「何か支援したい」という思いには、その原罪意識も関係していたのだと思う。そして、被災地、被災者のことを忘れないようにしよう、彼らのために何かできることがあるはずだという思いが、「絆」という言葉に集約されたのだろう。

だが、わたしは「絆」という言葉の流通と氾濫に違和感を覚える。それは、被災地、被災者を思う気持ちだけでは解決できない問題が山積みしていて、

「絆」という美しい言葉が、そのことを隠蔽する危険性があるからだ。気持ちだけでは解決できない問題は数多くあるが、もっとも大きく、かつ象徴的なのは「瓦礫」だろう。東日本大震災による瓦礫は、単なる残骸や廃棄物ではない。津波によって破壊され押し流された「生命と生活の象徴」でもある。約310万トンという巨大な量の瓦礫の県外処理が問題になっている。瓦礫を受け入れると表明した自治体は徐々に増えているようだが、いまだ反対する住民も多い。

*

3・11から1年が経って、「実は、福島第一原発の事故発生当時、首都圏3000万人の避難も考えた」などと、政府関係者が実情を明かすようになった。当時の首相・菅直人も夜のニュース番組で同様のことを話していた。本当に無責任で恥知らずだと思う。まるで首都圏の一般庶民が安閑としているときに政府は3000万人の避難まで視野に入れていたのだと、そういった口ぶりだった。

大使館員をはじめ、ほとんどすべての外国人が被曝を恐れて東京から出て行っているときに、「首都圏、東京はだいじょうぶだ」と脳天気にかまえていた人は一人もいない。誰もが避難を考えていたはずだ。現にわたしは、幼児がいて関東以西に親戚や知人がいる友人たちには、しばらく東京を離れるようにとアドバイスしていた。

わたしは、原発事故直後にニューヨークタイムズに寄稿した文章に書いたとおり、東京から離れる気はなかった。信頼できる友人の科学者から、最悪の事態が起こっても東京から避難する必要はないという情報を得ていたからだが、避難したりするのが単に面倒くさいという理由もあった。東京及び首都圏の人々が西へ大移動をはじめて、パニックが起こるかも知れないという不安があり、わたしは当時、新幹線の下りと、西へ向かう飛行機の便の混み具合を毎日チェックした。

だがパニックは起きていなかった。圧倒的多数の人々が、東京にとどまったのだ。西へ逃げても住むところも働くところもないとか、友人や家族、それにペットを置いていくわけにはいかないとか、おそらくやむにやまれぬ事情があったのだろうが、それでも、ほとんどすべての外国人が逃げ出してしまった東京でパニックが起きなかったのは奇跡ではないかと思う。非常に多くの人が、不安に怯えながら、とどまることを選んだのだ。安閑として東京に居続けたわけではない。「実は、首都圏3000万人の避難も考えたんです」というような物言いがなぜ恥ずかしいかというと、3000万人の移動など実際には不可能なのに、堂々と口にするからだ。いったい3000万人をどうやって、どこに避難させるというのだろうか。また人がいなくなった東京の治安をどうやって守るつもりだったのだろうか。

非常に多くの人が、不安に耐えて、日々を生きていた。「櫻の樹の下には」というような、普遍的で強烈な不安に怯えながら、それでも、何とか毎日を過ごし、この1年を乗り切ってきた。わたしは、そのことを忘れないようにしようと思う。

解説――憂鬱の下には希望が埋まっている。

中山七里

時代の寵児という言葉がある。

親や周囲から特別に可愛《かわい》がられる子という意味だが、それは村上龍にこそ相応《ふさわ》しい言葉ではないか――と、わたしはずっと思っている。

村上さんが『限りなく透明に近いブルー』で鮮烈なデビューを飾った時、わたしはまだ中学生だったが、同作品をそれこそ貪るようにして読んだ。そして「ああ、これが新しいということなんだ」と一人で勝手に昂奮《こうふん》していた。性と暴力というセンセーショナルな題材を扱っているにも拘《かか》わらず、文体は異様なまでに簡潔で、煽情《せんじょう》的な描写や台詞《せりふ》は一切ない。その落差に、酔った。

更に次作、『海の向こうで戦争が始まる』でまた別種の衝撃を受けた。一見平和に見える現実の薄い被膜の下では常に戦争が起きている——生意気な中学生はそんな寓意《ぐうい》を読み取り、またもや勝手に昂奮していた。

そして『コインロッカー・ベイビーズ』である。当時はSFブーム真っ盛りの頃で、しかも予《かね》てより村上さんにSF小説の執筆を要望していた筒井康隆さんが「満足している」と評した通り、「あの村上さんがSFを書いたら、いったいどんなスペクタクルになるのか」というこちらの期待を軽々と飛び越える傑作だった。しかも昂奮を掻き立てられる話なのに、文体は相変わらず静謐《せいひつ》であり、ブームということで量産された凡百のSF小説とは一線を画していた。

しかも小説だけではない。村上さんの才能は映画でも遺憾《いかん》なく発揮されたのだ。当時のわたしといえば小説と映画に明け暮れており（そのスタイルは未だに変わっていない）、惚《ほ》れ込んだ原作者自らがメガホンを取るというのだ。映画館に足を運ぶしかないではないか。

決して満員御礼ではなかったが、映画「限りなく透明に近いブルー」は途轍《とてつ》もなく贅沢《ぜいたく》なシャシンだった。製作がキティ・フィルムということもあり、キティ・レコードに所属していた小椋佳のみならず井上陽水、山下達郎といった面々が劇中でカバーソングを披露しており（小椋佳の「ラヴ・ミー・テンダー」が流れた時には椅子から転げ落ちそうになった）、音楽だけで入場料の元が取れるような映画だったのだ。

ただ、映画を観ていて原作との違いが気になった。もちろん大筋のストーリーラインは同じなのだが、肌触りが全く違う。原作が終始倦怠感《けんたいかん》と頽廃《たいはい》に彩られているのに対し、映画は妙に陽気でしかも躍動感に満ちているのだ。原作者と監督が別人であるならこういうことはよくある話なのだが、この場合は同一人物が担当している。映画のエンディングは更に興味深い。主人公のリュウ（主演三田村邦彦のデビュー作品だった！）が飲みかけのコーラを地面へ一直線に撒《ま》き、それをスタートラインに見立ててダッシュする——まさに疾走感溢《あふ》れるシーンで締め括《くく》っており、おそらく原作との一番大きな相違はこの部分だろう。それを意識した時、わたしは村上さんの作品の裡《うら》に楽観的とも言える希望を垣間見たような気がした。

　映画第二作、「だいじょうぶ・マイフレンド」では、この傾向が更に顕著になっている。ミュージカル仕立てということも手伝い、ストーリー展開は病的なまでに明朗で、エンディングに至るまで、そこに憂鬱さは微塵《みじん》も存在しない。

　それまで浅薄な読書経験しかないわたしが困惑したのは言うまでもない。人間に二面性があることは薄々知っていたが、これほど極端な例をしかもリアルタイムで見せられては混乱して当然ではないか。

　ともあれ、その後も村上さんの驀進《ばくしん》は続く。ちょっと思いつくだけでも『愛と幻想のファシズム』『ラッフルズホテル』『トパーズ』『昭和歌謡大全集』『希望の国のエクソダス』『半島を出よ』――。いずれもが問題作であり、話題作であり、傑作である。そしてその多くが時代を標的にしている。爛熟《らんじゅく》した文化、閉塞状況、希望を喪失した世代、そして戦争。これらの作品群は村上さんの現代を見る目に無関係では到底有り得ない。

もちろん同時代に生きる他の作家が現代を無視できるはずもなく、やはり多くの作家が同じテーマで膨大な作品を生んでいる。しかし現代を撃つことに一番多く成功しているのは村上さんだ。それは作品群に寄せられた読者の数と評価に裏打ちされている。では、何故村上さんがこれほど高い命中率を維持しているのか。

わたしなりの解答は、やはり村上さんが時代の寵児だから、というものだ。周囲に可愛がられる子供は迫害される心配がないので精神的に余裕があり、物事を理性的に判断できる。逆に愛されない子供は切羽詰まっているのが常態なので感情的になりやすい。いささか牽強付会《けんきょうふかい》に過ぎるかも知れないが、村上さんは時代に愛されるが故に時代を冷静に観察し、そして論理的に批判することができるのではないだろうか。

さて、ここで話はようやく本書に移る。近年、村上さんは政治・経済・社会問題の方面にもフィールドを拡《ひろ》げ、発言されている。本書はその発言内容の集約とも言える。

全編を覆っているのは紛うかたなき憂鬱だ。欲望を喪失した若者、結婚を生存のシステムとして渇望する女性、大手既存メディアへの幻滅、政治への絶望、そしてゆっくりと衰退するこの国のかたち。それぞれの問題点を分析し、論理的に説明してくれているので村上さんの主張はすとんと腑《ふ》に落ちる、と言うか腑に落ちるように記述されている。感情に引っ張られることもなく、「そういう見方もあっていい」とか「こういうことはそろそろやめた方がいい」とかの肯定的な結び方なので、読後感もいい。

だが一方、多くの方が気づかれるだろうが、本文には「勘違いしないで欲しいが」とか「わたしにはわからない」というフレーズが多用されている。このフレーズによって直截《ちょくさい》な物言いが緩和されてはいるのだが、実はここにこそ村上さんの絶望が潜んでいるように思えてならない。

ここからはわたしの全くの当てずっぽうだ。本書は元々、若い男性向けの雑誌に連載されていたのだから、当然書く側とすれば読者である若い男性を意識しない訳にはいかない。そして若い男性というのは往々にして傷つきやすい生き物なので、あまりはっきりと自分の悪口を書かれると拒否反応を起こしてしまう。だから冷静な論理の上で冷徹な結論を明示する前に、「勘違いしないで欲しいが」「わたしにはわからない」と一種の予防線を張っているのではないか。しかし意地悪な見方をすればわざと勘違いしそうなことを書いているのであり、わたしにはわからないととぼけているようにも読み取れる。元より村上さんはいつも何かに怒っている。その怒りが作品の核になっていることさえある。そういう作家が欲望を失った若者や政治・経済の凋落《ちょうらく》を「仕方がない」などと本気で諦めるはずがなく、溜息の裏側で切歯扼腕《せっしやくわん》しているのは想像に難くない。

だからわたしの推論が当てずっぽうであったとしても、村上さんが現状に憂鬱であることは間違っていないと思う。当たり前だ。論理的な考えというのは人間のマイナス面をデータに取り入れるから、どうしても悲観的な結論を導きやすい。もっとはっきり言ってしまえば、楽観的な見方というのはどこかの為政者が口にする〈百年安心年金〉と同じで、正確なデータもクソもない、ただの希望的観測にしか過ぎない。

だがそれでも――それでもわたしは本書の中に村上さんの希望を感じる。ちょうどデビュー作が倦怠と頽廃に満ちていたのに、映像化作品では眩《まばゆ》い光を感じられたように。世界の絶望に倦《う》みながらも、メッシのゴール一本に希望を見《み》出《いだ》せたように。

本書は村上さんの冷静な論理によってこの国が抱える憂鬱を鮮やかに提示する一方、その根底に熾火《おきび》のような希望が見え隠れする。それこそご本人が言及されているように、ひねくれ者だからこそ密かに抱いている可能性なのだと思う。

――作家

この作品は二〇一二年六月ＫＫベストセラーズより刊行されたものです。

櫻《さくら》の樹《き》の下《した》には瓦礫《がれき》が埋《う》まっている。

村上龍《むらかみりゅう》

平成26年10月10日　初版発行

発行人――石原正康
編集人――永島賞二
発行所――株式会社幻冬舎
〒151-0051東京都渋谷区千駄ヶ谷4-9-7
電話　03(5411)6222(営業)
03(5411)6211(編集)
振替00120-8-767643

印刷・製本―中央精版印刷株式会社

装丁者――高橋雅之

幻冬舎文庫

ISBN978-4-344-42270-4　C0195　む-1-36

幻冬舎ホームページアドレス　http://www.gentosha.co.jp/
この本に関するご意見・ご感想をメールでお寄せいただく場合は、
comment@gentosha.co.jpまで。